투데이신문
직장인신춘문예 당선작품집2

2021/2025

투데이신문
직장인신춘문예 당선작품집2
2021/2025

1쇄 발행일 | 2025년 05월 30일

지은이 | 길덕호
펴낸이 | 정화숙
펴낸곳 | 개미

출판등록 | 제313 – 2001 – 61호 1992. 2. 18
주소 | (04175) 서울시 마포구 마포대로 12, B-103호(마포동, 한신빌딩)
전화 | (02)704 – 2546
팩스 | (02)714 – 2365
E-mail | lily12140@hanmail.net

ⓒ 길덕호, 2025
ISBN 979 – 11 – 90168 – 99 – 1 03810

값 18,000원

투데이신문
직장인신춘문예 당선작품집 2

2021 / 2025

개미

직장인들에게 격려가 되고
자극이 되는 자리

산업화시대 이후 직장은 일상을 영위하게 하는 재화의 생산현장으로 사회인들에게는 피할 수 없는 자리가 되어 왔습니다. 한국문학은 가끔 이 사실을 잊고, 우리들 전반적인 삶의 중심에 놓인 직장을 문학의 현장에서 회피하거나 우회할 대상으로 인식해 온 감이 없지 않은 듯합니다. 그 때문에 '문학적인 것'을 얻었다 소리를 듣고 있을지는 모르지만 어쩌면 문학작품에서 삶의 실제적 영역이 축소되고 있지 않았나 모르겠습니다. 쉽게 생각해도 자신의 직장에서 열심히 노동하면서 틈틈이 붓을 들고 문학에 열정을 다하는 모습은 참으로 아름답지 않습니까. 그 모습만으로 좋은 문학이 바로 탄생한다고 할 수는 없을지는 모르지만, 적어도 좋은 문학의 저변으로서는 확실한 면모가 아닐까 싶습니다.

직장인신춘문예는 바로 이같은 모습을 지원합니다.

실제로 그동안 응모해 주신 분들이 모두 직장에서 땀을 흘리고 그 땀을 닦으며 원고 앞에 앉아서 다시 새로운 땀을 흘려 주셨습니다. 그 가운데는 전통적으로 문학과 가깝다 할 수 있는 직장인들 이를테면 공교육과 사교육의 교강사들이나 교수, 연구원, 기자 등도 많았지만 그 밖에도 전혀 예상하지 못한 직장인들도 상당히 많았습니다. 의사, 약사, 간호사, 간호조무사, 심리상담사, 건강검진 상담자, 요양보호사, 물리치료사 등 의약업 계통, 학예사, 변호사, 회계사, 목사, 장학사, 은행원, 건축사 등 전문직종의 참여도 꾸준했습니다. 그 외 일반 공무원이나 회사원, 기업체 임원, 일반 교직원, 사회복지사, 소방관, 경찰관, 군인, 사서, 편집자, 개발자, 프리랜서 등을 비롯, 부동산중개사, 손해사정사, 지하철보안관, 쇼호스트, 감정평가사, 마케터, 활동지원사, 바리스타, 콜센터 상담사, 항공정비사, 연주자, 스튜어디스, 뷰티스타일리스트, 유아시설 근무자, 해외 파견 근로자, 보조출연배우 등 남다른 직종이 줄을 이었습니다.

이들 가운데는 정규직도 많았지만 비정규직 또한 적지 않았습니다. 소득이라는 측면에서 보면 상식적인 범주에서 고액 소득자도 있는 듯했고, 그에 비해 거의 일용직이라 할 만한 분들도 적지 않았습니다. 어떤 경우든 직업의 현장에서 일하는 틈틈이 문학의 끈을 놓지 않고 있다가 기회를 마다하지 않고 응모까지 해 준 것이지요.

물론 다시 말씀드리지만 직장인으로서 직장 이야기를 잘 담아야 좋은 작품을 쓸 수 있다는 뜻은 아닙니다. 그러나 삶의 깊이랄까, 또는 삶의 진정성이랄까 하는 점에서 직장의 경험이 만만치 않게 녹아 있는 작품들이 결과적으로 당선권에 드는 예가 많았습니다.

투데이신문과 한국문화콘텐츠21이 함께 하는 직장인 신춘문예가 이제 10회를 치렀습니다. 우여곡절이 없지 않았지만 응모하는 분들의 열기로 많은 어려움을 극복해 이날에 이르렀습니다. 처음에 5회까지 당선작들을 대상으로 당선작품집을 낼 때까지만 해도 과연 10회에 이를 수 있을까 걱정을 했지만 어느덧 세월이 흘렀고 알찬 작품들이 하나둘 채워져 오늘에 이르렀습니다. 이 책의 당선작들이 다시 두루 읽혀져 이땅 곳곳의 직장에서 땀을 흘리며 일하는 분들에 격려가 되고 또한 자극이 되었으면 좋겠습니다.

당선하신 분들에게 다시 한번 축하를 드리고, 전국 여러 직장인들이 다시 도전할 기회의 장이 열리기를 기대합니다.

삶의 파도를 온몸으로 견딘 작품들

하루의 무게를 묵묵히 견디어도, 마음속 불씨 하나 꺼트리지 않은 이들이 있습니다. 야근을 마치고 돌아온 밤, 식탁 끝에 걸터앉아 메모장을 꺼내고, 지하철 창밖으로 흘러가는 풍경 속에서 조용히 언어를 매만진 사람들. 이 책은 그렇게, 일과 삶 사이 틈을 비집고 피어난 꽃입니다. 단어 하나에도 숨을 고르고, 문장 하나에도 시간을 담은 이들의 고백입니다. 생계를 꾸리며 자신만의 언어를 지켜낸 이들의 진심을 담은 첫 인사입니다.

〈투데이신문 직장인신춘문예〉는 단순한 문학 공모전을 넘어, 일상을 견디는 이들의 사유가 모이는 작은 항구입니다. 이곳에 도달한 작품들은 삶이라는 파도를 온몸으로 견딘 글들입니다. 파도를 넘으며 창작하는 일은 결코 쉽지 않았을 것입니다. 누군가는 늦은 새벽을 붙들었고, 누군가는 잊힌 감정을 불러내고, 또 누군가는 사랑과 상실, 존재에 대한 물음을 던지며 번민했을 것입니다. 생계와 창작, 현실과 이상이라는 두 물결 사이에서 펜을 들고, 자판을 두드리며, 끝내 시, 수필 그리고 소설로 완성시킨 당선 작가들께 존경의 마음을 보냅니다.

존경의 마음을 담아 제6회부터 제10회까지, 다섯 해 동안의 당선작을 한데 묶어 당선작품집을 발간합니다. 2020년 첫 발간한 『투데이신문 직장인신춘문예 당선작품집』에 이어 두 번째 당선작품집입니다. 당선 작가들에게 이 책은 매일을 버티며 문학을 놓지 않은 결과이자, 과정의 깊은 흔적일 것입니다. 이 책이 그들에게 '창작의 새봄'이길 기대합니다. 또한 책장을 넘기는 독자에게 문학이라는 이름으로 건네는 위로이자, 당선 작가들의 다음 이야기를 기다리는 프롤로그이길 바랍니다.

작가의 가장 큰 책임은
자기 작품에 대한 책임입니다

10년 전에 출발한 〈투데이신문 직장인신춘문예〉가 올해 3월에 열 번째 시상식을 성황리에 마쳤습니다. 그동안 우리 문단의 의미있는 여러 신인 작가와 작품들을 선보이고, 행사의 위상도 꽤 높아져 문단에 신선한 향기를 더하고 있습니다.

이는 그동안 한국문화콘텐츠21의 창립 회원들과 투데이신문사 임직원들의 노고가 분명 큰 밑거름이 되었습니다. 무엇보다도 지난 10여 년간 예심과 본심에 심사위원으로 함께 참여해 준 모든 작가들의 정성과 노력에도 깊은 감사를 표합니다.

아무리 인생 체험이 성실하고 사상과 감정이 진솔하다 할지라도 그것만을 가지고는 문학에 이르지 못합니다. 문학은 모순을 받아들이고 모순 속에 젖어 살면서 그 모습을 어떻게 고쳐나가며 사느냐가 문제인 것입니다.

작가의 가장 중요한 책임은 자기 예술에 대한 분명한 책임입니다.

문학은 생을 모두 책임지지 않고, 생에 관한 여러 명제들 위에 문학을 더한 것일 뿐입니다. 어떤 이들은 이제 문학도 타락했다고 말하지만, 인간이 타락한 만큼 타락한 것에 불과합니다. 작가가 가지고 있는 태도나 사상 혹은 작가로서 가져야 하는 태도나 사상을 작가의식이라고 합니다. 무엇보다도 〈투데이신문 직장인신춘문예〉를 통해 등단하는 모든 신인 작가들은 작가의식이 투철한 작품들을 우선하여 선발하고 육성합니다.

이번에 발간하는 두 번째 작품집은 〈투데이신문 직장인신춘문예〉라는 행사의 성격을 더욱 공고히 하고, 우리 문학의 틀을 일하는 현장에 확장시키는 계기가 되기를 바랍니다. 〈투데이신문 직장인신춘문예〉에 응모하는 모든 예비 작가들에게도 창의적인 작품 활동을 응원하는 크다란 계기가 되기를 희망합니다.

그동안 〈투데이신문 직장인신춘문예〉를 위해 애쓴 모든 분들게 다시 한번 감사한 마음을 전합니다.

차례

2021년
제6회 투데이신문 직장인신춘문예 당선작

2024년
제9회 투데이신문 직장인신춘문예 당선작

2025년
제10회 투데이신문 직장인신춘문예 당선작

2021년
제6회 투데이신문 직장인신춘문예
당선작

시 부문 당선
길덕호
경북 영주 출생.
성균관대학교 국어국문학과 및 동대학원
졸업.
경신고등학교 국어 교사.

소설 부문 당선
이진우
서울 출생.
경희대학교 연극영화과 졸업.
영상 촬영(비정규직).

수필 부문 당선
이승환
서울 출생.
한양대학교 대학원(입학 · 정치외교학).
국회 근무.

주제의 형상화 능력

　시 부문 196명 919편, 소설 부문 126명 129편, 수필 부문 82명 198편이다. 작년에 비해 작품수 대비 많게는 35%가 증가한 것이다. '글 쓰는 직장인'들에게 더 많이 알려진 덕인지, 아니면 코로나19 영향으로 '글 쓰는 직장인'이 많아진 결과인지 알 수 없다. 아무튼 직장인들과 문학을 의미 있는 통로로 잇고 싶은 직장인신춘문예로서는 다행이다.

　투고자들의 직업이 더 다양해졌다는 사실부터 적어두고 싶다. 문학이나 글쓰기와 쉽게 연계되는 직업인 학교 근무자들이 많았고 그 직위며 전공도 다양했다. 의사나 한의사, 공무원이나 공기업 직원, 전문직 연구원, 대기업 임원, 공인회계사, 증권사나 은행 근무자들, 엔지니어 등 소위 안정된 직종에 종사하는 사람들도 있었다. 간병인, 보험설계사, 청원경찰, 청소노동자, 사회복지사, 여행가이드, 그래픽디자이너, 활동보조사, 심리분석 상담사, 백화점 직원, 프로게이머, 바텐더, 미용실 원장,

경비원, 약품배송원, 경찰서 범죄심리사 등과 소규모 자영업자 등으로 쉽게 짐작할 수 있는 일반적인 직업부터 예상 밖의 특수직업까지 다양했다.

심사는 시 부문에 시인 김홍기·최대순(이상 예심), 시인 박덕규(본심), 소설 부문에 소설가 김경·오은주(이상 예심), 소설가 김현숙(본심), 수필 부문에 칼럼리스트 박애경, 소설가 배석봉(이상 예심), 소설가 김선주(본심) 등 현역 문인들이 담당했고, 각 부문 당선작을 두고 전 부문 심사위원들이 최종 점검하는 등의 과정을 거쳐 당선을 통보했다.

시 부문 당선작인 「심해어」(길덕호)는 일자리를 얻기 위해 새벽 골목에 모인 막노동 일꾼들을 '깊은 바닷속에 헤매는 심해어'에 비유해 끝까지 일관된 흐름을 유지하는 시적 형상화 능력을 인정받았다. 소설 부문 당선작인 「이상한 연애」(이진우)는 고실업시대의 불운 속에 직장, 연애 등 그 어느 것에서도 중심을 찾지 못하고 부유하는 젊은이의 초상을 페이소스를 감춘 안정된 문체로 그려냈다. 수필 부문 당선작인 「바라나시 여의도」(이승환)는 바라나시와 여의도의 관계를 채움과 비움의 관계로 대비하는 주제적 설정을 특히 바라나시 화장장에서의 거지 엄마와의 눈 맞춤으로 빛나게 살려냈다. 전 부문에서 모두 아깝게 낙선한 몇 분이 있었는데, 언제든 기회를 얻을 거라 기대된다.

'투데이신문 직장인신춘문예'는 투데이신문(대표 박애경)이 (사)한국사보협회(회장 김흥기), 한국문화콘텐츠21(대표 김선주 외)과 함께 공동주최하고 (사)한국문인협회(이사장 이광복)가 후원하는 행사다. 제6회인 올해는 2020년 12월 1일부터 2021년 1월 31일까지 작품을 접수해 지난 2월 26일 심사를 완료했다.

— 심사위원회

심해어

길덕호

해가 뜨기 전 골목은 깊은 바다가 된다.
어제 뜬 별이 성게처럼 유리창에 들어가 박히고
달빛 떠난 적막만이 청니 덮인 푸른 길을 내었다.
골목 어귀에는 부풀어 오른 바람의 물결이
아가미로 들썩이는 낙엽들을 이리저리 골목길로 내몰아
잠들지 않는 가로등을 등대 삼아
저마다의 항로를 향해 무겁게 철썩인다.

어두운 골목 바위틈에선 담배의 빨간 불빛이
야광석처럼 공기를 빨아들이고
빛을 보고 모여든 심해어 한 무리
크릴새우처럼 몸을 웅크리고
추위에 오그라든 비늘을 깃으로 세운다.
해풍에 돛을 올린 사람들
삼삼오오 자신의 지느러미로 헤엄치며

집어등 밝힌 인력 사무소 앞에 묵묵히 모여 든다.

자신의 이름이 불리기를 기다리면서
깊은 해연의 푸르스름한 자궁 안
어머니의 따스한 첫 부름을 생각해 본다.
부드러운 물결 같은 그 한마디가 탯줄을 타고 들어와
뼈를 세우고 심장을 뛰게 하였지.
양수 같은 새벽 공기가 바다의 모습을 한 채
사람들을 안개 속으로 이끌고 있었다.

파도 한 점 없는 갯벌 같은 해저의 광야
골목의 탯줄을 따라 출렁이는 한 무리의 물결
울먹울먹 꽃으로 뼈를 세우는
심해어 한 마리
굵은 몸짓의 자맥질로 깊은 바다를 유영하면
태양은 그제야 수평선에서 입질을 시작한다.

한탄강 물윗길을 걸어갑니다. 물은 발 아래로 흐르지만 소리는 늘 귓전을 맴돕니다. 물이 흐르는 소리, 바람이 부는 소리, 나뭇잎이 흔들리는 소리들은 자연이 우리에게 주는 최상의 시어들입니다.

때때로 노을이 익어가듯 자연스럽게 흘러나오는 시상들은 나를 행복하게 합니다. 하지만 어느 순간부터 시의 물줄기는 말라만 가고 메마른 시간들이 지나만 갔습니다. 동력이 떨어지고 지칠 때에 투데이신문에서 보내주신 기쁜 소식은 저에게 큰 힘이 되었습니다. 다시 한번 일어설 수 있는 기회가 된 듯합니다.

늘 옆에서 응원해 주는 가족들, 우리 선생님들, 시문학 동아리 친구들 감사합니다. 서로 시를 주고받으며 아낌없는 조언을 해주던 귀한 친구, 또 그 옆에서 빙그레 웃으며 글을 봐주던 소중한 친구들 정말 감사합니다. 기쁨과 두려움이 공존하는 시간이기도 하지만 두려움은 잠시 책갈피에 넣어두고 기쁨의 꽃잎만 추려내어 감사의 꽃다발을 드립니다. 졸시를 뽑아주신 심사위원들께도 감사를 드립니다. 늘 부족하다고 느끼는 글이기에 더 열심히 쓰라는 채찍의 말씀으로 알겠습니다. 산이 되고 바람이 되고 강물이 되는 글을 쓰기 위해 노력하겠습니다.

｜**시 부문 심사평**｜

　예년보다 더 많은 직업군에서 더 깊은 직장 체험을 안고 시의 세계로 들어왔다. 196인의 총 919편. 이 중 예심을 통과한 30인의 작품에서 수준이 좀 떨어진다 싶은 것을 빼고 나니 「심해어」(길덕호), 「선인장」(황용녀), 「연근조림을 먹지 않는 이유」(김종태), 「문서 세단기」(김미향), 「장미꽃무늬 팬티에 관한 소문」(오정순), 「삼신할미의 고뇌」(김경희), 「겨울로 가는 시계」(이정근), 「울음이 흘러넘치는 날의 뒷면일지도」(김수수), 「늦은 나라의 이상한」(박선영) 등이 놓였다. 이들을 두고 다시 오래 정독했는데 그 까닭은 우열을 가리기 힘들어서라기보다 보다 완성도 높은 시 한 편을 찾기 어려워서였다. 대부분 체험을 비유하고 상징하는 표현을 즐기고 있었는데, 시의 전개과정에서 일관성을 잃고 있었다.

　최종에 남은 것이 「연근조림을 먹지 않는 이유」, 「선인장」, 「심해어」 3편이었다. 「연근조림을 먹지 않는 이유」는 어릴 적의 아픈 추억을 되살리는 상징물로 '연근'을 내세운 구체성이 주목됐지만 경험을 설명하는 어투가 강했다. 「선인장」은 '메마른 세계'를 건너가는 삶의 시간을 사막의 선인장에 비유하는 참신성이 '목마른 내가 선인장 즙을 빨아' 먹는 서술로 잘 표현됐지만 후반부로 갈수록 시적 긴장을 잃어버렸다. 앞으로, 하나의 정황에서 시적 현실을 형상화하는 일을 과제로 삼는다면 크게 진전될 수 있을 것으로 보인다.

「심해어」는 새벽 골목을 '깊은 바다'로, 일자리를 찾아나선 사람들을 '심해어'로 비유하는 상황 설정을 끝까지 하나의 '시적 정황'으로 밀고나가는 힘이 강하게 느껴졌다. "자신의 이름이 불리기를 기다리면서/ 깊은 해연의 푸르스름한 자궁 안/ 어머니의 따스한 첫 부름을 생각해 본다."로 막노동 일터조차 얻지 못하는 사람들의 심정을 담아내는 '정서적 형상'도 볼 만했다. 함께 보낸 「대걸레의 인생」, 「신쥐라기 시대」 역시 오랜 시작 과정을 짐작케 하는 수준이었다. 다만 시적 패턴이 다소 규격화돼 있다는 아쉬움도 있었다는 사실도 지적하며 당선으로 올린다.

— **심사위원** : 박덕규 시인, 문학평론가

이상한 연애

이진우

큰일 났다. 화장실에 다녀온 사이 일행들이 사라졌다. 먼저 식장으로 올라간 모양이었다. 오 분 전에 처음 본 사람들이라 얼굴도 못 익혔는데. 서둘러 손에 남은 물기를 허공에 털어낸 뒤 엘리베이터 버튼을 눌렀다.

곽 과장, 유 부… 아니, 용 부장, 좌 대리… 곽 과장, 용 부장, 최 대리, 아니, 조 대… 아니, 좌 대리…

어쩜 하나같이 희성들이었다. 대사 외우는 건 자신 있었는데 예상치 못한 난관이었다. 5층에 도착할 때까지 외울 수 있을까. 외운다고 한들 얼굴과 매치시킬 수 있을까. 엘리베이터를 기다리면서 영어 시험을 앞둔 고등학생처럼 입에 붙지 않는 말들을 중얼거렸다. 곧 땡, 하는 소리와 함께 엘리베이터 문이 열렸다.

곽 과장, 오 부, 아니, 용 부장, 좌 대…

코드가 뽑힌 TV처럼 혼잣말을 멈췄다. 엘리베이터 안에 사람이 타고 있었기 때문이었다. 민망함에 고개를 숙이고 헛기침을 하면서 엘리베이터에 올랐다. 5층은 이미 눌러져 있었다. 엘리베이터 문이 닫히자 엘리베이터 문에 반사된 내 모습이 보였다. 오랜만에 입어보는 정장이었다. 햄릿이었나? 처음 무대에 올랐을 때 입었던 검은색 타이즈 같은 느낌이 들었다. 나는 엘리베이터 문을 거울 삼아 삐져나온 머리카락을 정리하고 넥타이를 고쳐 멨다. 얼굴을 꼼꼼히 살피고 마지막으로 팔자 주름 사이에 들러붙은 속눈썹을 떼어내고 나서야 뒤에 서 있던 여자가 눈에 들어왔다. 맞아, 사람이 있었지. 허리를 바로 세우며 슬쩍 곁눈질을 했다. 여자는 유난히 검은 눈동자와 머리카락을 갖고 있었는데 유난히 하얀 피부 때문이었다. 유난히 하얀 피부 때문에 무표정한 얼굴이 유난히 싸늘해 보였다. 헤어진 남자의 결혼식에 깽판이라도 치러 가는 걸까. 저런 표정이라면 깽판 정도로 끝날 것 같지 않았다. 5층에 도착할 때까지, 나는 계속해서 곁눈질을 했지만 여자의 시선은 오로지 엘리베이터 문에만 고정되어 있었다. 빨리 엘리베이터 문이 열리기만을 기다리는 사람 같았지만 초조해 보이진 않았다. 곧 땡, 하는 소리와 함께 문이 열렸다. 여자는 전동 킥보드라도 탄 듯 빠르고 부드러운 움직임으로 엘리베이터를 빠져나갔고 그제야 중요한 게 떠올랐다.

곽 과장, 유 부… 아니, 용 부장, 좌 대리… 곽 과장, 용 부장, 최 대리, 아니, 조 대… 아니, 좌 대리…

곽 과장과 용 부장, 좌 대리가 사람 좋은 웃음을 지으며 턱시도를 차려입은 신랑과 인사를 나누고 있었다. 그렇다면 저 남자가 김 대리고 나를 고용한 사람이겠지. 잠시 후 김 대리의 부모로 보이는 사람들이 나타났고 김 대리는 자신의 동료들을 한 명 한 명 소개했다. 나는 크게 심호흡을 했다. 그들과의 거리가 가까워질수록 마치 공연 시간이 가까워지는 것처럼 숨이 가빠졌다. 마침내 김 대리의 아버지와 악수를 나누던 좌 대리와 눈이 마주쳤을 때 나는 주머니에서 손을 빼 흔들었다.

"야아아!"

하마터면 나도 비명을 지를 뻔했다. 비명이 들린 곳을 돌아보니 엘리베이터에서 봤던 여자가 신부의 손을 부여잡은 채 날뛰고 있었다.

"너 왜 이렇게 예뻐!"

엘리베이터 안에서 봤던 그 싸늘한 표정은 어디에도 없었다. 저렇게 환하게 웃을 줄 아는 여자였다니. 30초도 안 되는 시간 동안, 여자는 웨딩드레스에 대한 신부의 안목과 메이크업 상태를 칭찬했고 이토록 성대하고 아름다운 결혼식에 대해 축하하는 마음과 동시에 질투를 감출 수 없다는 얘기들과 아직까지 마땅한 남자를 찾지 못하고 있는 자신의 처지에 대한 한탄을 쏟아냈다. 빠르지만 정확한 딕션이었고 적절하게 배치된 휴지와 웃음소리가 어우러진 리듬감이 일품이었다. 게다가 이

정도 거리에서도 들릴 만큼 풍부한 성량이라니. 질 수 없다는 생각이 들었다. 나는 속도를 높여 김 대리에게 다가가 악수를 청했다. 그리고 감격스러운 표정을 지으며 말했다.

"이야! 못 알아볼 뻔했어! 강 대리!"

그래도 씨발은 속으로만 외쳐서 다행이다.

"만 원은 수수료인 거 아시죠?"

알바의 태도가 마음에 들지 않는 손님처럼 중개인이 내 앞에 이만 원을 툭 던져 놓았다. 마치 내가 무대에서 내려오기만을 기다리던 조연출 같은 눈빛이었다. 일당을 받고 물러나자 자기 차례를 기다리던 용 부장이 중개인 앞에 섰다.

"오늘 진짜 너무 잘해주셨어요!"

중개인은 용 부장의 손을 부여잡고 호들갑을 떨었다.

어허 참, 젊은 친구가 정신머리하고는! 아 글쎄 아직도 나랑 오 부장을 헷갈린다니까. 저번에는 어쨌는 줄 알아? 오 부장 생일에 나한테 축하한다고 문자를 보냈더라고. 내 생일 때 술까지 얻어 마신 친구가 말이야! 허허허!

용 부장은 놀라운 애드립으로 나의 실수를 무마함과 동시에 웃음을 유도했다. 한 번도 회사 생활을 해본 적은 없지만 부장이란 사람들은 진짜로 그렇게 말할 것만 같았다.

"저기…"

흰 봉투에 담긴 일당을 챙긴 용 부장이 내 옆을 지나갈 때 그를 불러 세웠다. 용 부장은 무표정한 얼굴로 나를 쳐다보았다.

"혹시… 연기하세요?"

커피 한 잔에 오천 원. 이만 원을 벌어서 오천 원을 쓰는데 십 분도 안 걸렸다. 이런 식으로 살다보면 한 달 안에 파산하겠지. 용 부장은 얼마를 받아갔을까. 남자가 가져간 만 원이 수수료가 아니라 벌금 같은 건 아니었을까. 곧 진동벨이 울렸고 카운터에서 커피와 냅킨을 챙겨 자리로 돌아왔다. 커피를 몇 모금 홀짝거렸을 때 구석 테이블에 앉아 있는 여자를 발견했다. 엘리베이터에서 봤을 때와 똑같은 얼굴로 책을 읽고 있었다. 무슨 책을 읽고 있는 걸까. 잠시 망설이다 여자에게 다가갔다.

"저기…"

여자가 고개를 들어 나를 쳐다보았다.

"아까 엘리베이터에서 뵌 분 맞으시죠?"

여자는 연기를 하느냐고 물었을 때의 용 부장 같은 눈빛이었다. 괜한 짓을 했다는 생각이 들었지만 돌이킬 수도 없었다.

"실례가 안된다면… 잠깐 앉아도 될까요?"

여자는 정지 화면처럼 나를 쳐다보다가 책을 덮어 가방에 넣었다. 앉으라는 의미인지 짐을 싸서 떠나겠다는 의미인지 알 수가 없었다. 나는 머뭇거리며 책이 있던 자리에 조심스럽게 내 커피를 내려놓았다. 여자는 그대로 앉아 있었다. 나는 마지막 순간까지 여자의 눈치를 살피며 조심스럽게 의자를 빼서 앉았다. 같은 테이블을 사이에 두고 마주 본 여자의 얼굴은 엘리베이터에서 봤을 때와는 비교도 안될 정도로 싸늘했고 그래서 더 매력적이었다. 근데 이제 뭘 하지. 그제야 아무 계획이 없다는 사실이 떠올랐다. 침묵이 길어지자 여자가 몸을 뒤척였고 나는 여자가 내 뺨이라도 후려칠까 움찔했다. 여자는 미간을 찌푸리며 팔짱을 꼈다. 악명 높은 형사 앞에서 취조당하는 수배범의 감정이란 게 이런 것이었을까. 그걸 세 달 전에만 알았더라면 오디션에서 떨어지지 않았을 거고 가짜 하객 노릇 따위도 하지 않았겠지. 여자는 다시 책을 꺼냈다. 회색 표지에 프랑스어로 짐작되는 글자들이 큼직하게 박혀 있었다. 할 말이 떠올랐다.

"혹시… 연기하세요?"

저수지는 얼어 있었다. 촬영 장소인 저수지 옆 공터에도 눈이 쌓여 있었다. 두꺼운 롱패딩에 마스크를 착용한 스탭들이 저마다 하나씩 커다란 대비와 눈삽을 들고 쌓인 눈을 치우고 있었다.

"화면에 눈이 보이면 안 되니까 쌓아놓지 마."

팔짱을 낀 채 눈을 치우는 스탭들을 지켜보던 PD가 말했다. 스탭들은 군말 없이 눈삽에 눈을 퍼 담고 카메라 앵글이 닿지 않을 곳으로 가져가 뿌렸다. 눈 밑에 깔려있던 흙이 모습을 드러내자 촬영팀이 카메라와 삼각대를 설치하기 시작했다.

"안녕하세요!"

돌아보니 똑같이 생긴 남자 두 명이 서 있었다. 둘 다 똑같은 옷을 입고 있었고 똑같은 자세로 커피를 들고 있었고 똑같은 색깔의 잇몸을 드러내며 웃고 있었다. 그리고 똑같이 대머리였다. 이거 대학생 졸업 영화 아니었나. 대머리인 것을 감안하더라도 대학생이라고는 보기 힘든 얼굴이었다. 그들의 머리 모양이 자의적 선택에 의한 것인지 유전적 요인에 의한 것인지 묻고 싶었지만 그러지 않기로 했다.

"안녕하세요."

내가 인사를 하자 둘은 동시에 손을 내밀었다. 누구랑 먼저 악수를 해야 할까. 나는 오른쪽에 있는 대머리와 먼저 악수를 한 다음 왼쪽에 있는 대머리와 악수를 했다. 오른쪽에 있는 대머리와 먼저 악수할 때 왼쪽에 있는 대머리의 미간이 살짝 일그러진 것 같았지만 기분 탓이라고 생각했다.

"시나리오를 보셔서 아시겠지만 이 장면이 저희 영화

에서 가장 중요한 장면입니다."

"맞아요. 늘 바보처럼 헤헤거리던 모자란 남자의 내면에 실은 억압된 욕망이 들끓고 있었다는 걸 보여주는 장면이거든요."

"빌 클레버리의 영화처럼 말이에요."

빌 클레버리가 누군지는 몰랐지만 일단은 고개를 끄덕였다.

"아, 하나 여쭤 봐도 될까요? 이게 시나리오 상으로는 주인공의 환상인데 왜 갑자기 다른 사람으로 바뀌는 거죠?"

오른쪽에 있는 대머리가 의아한 표정으로 말했다.

"그런 게 중요한가요?"

"이건 일종의 메타포입니다."

"시나리오를 보셔서 아시겠지만 현실의 이미지와 일치되는가는 전혀 중요하지 않아요."

"라캉이 그랬죠. 모든 욕망은 대타자의 욕망이라고."

"타자에게 종속된 욕망은 주체의 삶으로 온전히 편입되지 못한다는 것을 보여주는 장면이죠."

"간극을 벌리는 겁니다."

"욕망이란 게 원래 그렇잖아요?"

두 대머리는 사전에 준비라도 한 듯 호흡을 맞춰 서로의 말을 이어갔다.

"아, 이제 이해가 되네요."

둘은 동시에 흡족한 웃음을 지었다.

"그럼 가서 의상 갈아입고 오시죠. 준비되시면 바로 시작하겠습니다."

두 시간 동안 얼어붙은 저수지 옆에서 팬티 바람으로 춤을 췄지만 오케이 사인은 나오지 않았다. 대머리 형제는 심각한 표정으로 모니터를 바라보다 자기들끼리 쑥덕거렸고 다 좋은데 한 번만 더 가자는 말만 반복했다. 대체 다 좋은데 왜 한 번 더 가야 되는 걸까. 마침내 슬레이트의 숫자가 20을 넘겼을 때 그들은 잠깐 쉬었다가 가자고 말했다. 제작부 스탭 하나가 자신이 입고 있던 롱패딩을 벗어 나에게 덮어주었다. 처음엔 사양했지만 내가 팬티만 입고 있다는 사실을 자각한 뒤 그냥 받아들기로 했다. 모두를 위해서 그게 좋을 것 같았다. 나는 담배를 피우고 있는 보조 출연자에게 다가가 담배를 빌렸다. 내가 팬티 바람으로 춤을 추고 있을 때 옆에서 에스키모처럼 두꺼운 털옷을 입고 춤을 추던 댄서들 중 한 명이었다. 이 남자의 내면에는 대체 어떤 욕망이 억압되어 있는 걸까.

"잠시만요."

코쿤 털 뭉치가 달린 후드 밑에서 앳된 여자의 목소리가 흘러 나왔다. 여자는 주머니를 뒤져 담배를 꺼내 건넸다. 담배를 입에 물고 '여섯 시간 촬영에 십만 원'이라는 문구에 혹해서 출연을 결정한 나의 경솔함에 대해 반성하는 시간을 가졌다.

"선생님?"

갑작스러운 말에 여자를 돌아봤다. 여자는 모자를 벗으며 소리 쳤다.

"저 희주예요!"

박희주. 2년 전쯤에 연기를 배우던 학생이었다.

"아! 희주!"

희주와 나는 반가운 마음에 서로 다가갔다가 동시에 물러섰다. 나는 얼른 뒤돌아 패딩의 지퍼를 채우고 목 끝까지 올렸다. 다시 돌아봤을 땐 희주가 고개를 돌리고 있었다.

"희주야."

"네?"

"불 좀…"

희주가 주섬주섬 라이터를 꺼내 불을 붙여 주었다. 나는 말없이 담배 연기를 내뿜었다.

"선생님. 학원 옮기셨어요? 얼마 전에 놀러 갔는데 안 계시던데."

곁눈질로 눈치를 보던 희주가 물었다.

"그만뒀어. 제대로 연기 좀 해보려고."

사실은 잘린 거였다. 담당하던 대학의 연극영화과가 없어졌기 때문이었다. 그 학교는 나의 모교이기도 했는데 이 때문에 다른 학원에 취업하기도 쉽지가 않았다.

"여긴 어쩐 일이니?"

"영화 찍으러 왔죠."

희주가 어이없다는 표정을 지으며 말했다.

"저 사람들… 형제 맞지?"

"당연하죠."

희주가 다시 어이없다는 표정을 지으며 대답했다.

"역시… 그렇구나…"

희주의 표정이 안쓰럽다는 표정으로 바뀌었다.

"힘드시죠?"

"아니 뭐, 이 정도 갖고."

희주는 내 말을 믿지 않는 눈치였다.

"원래 쟤네들이 이상한 거 좀 많이 찍어요. 아, 선생님 쟤네 별명이 뭔 줄 아세요?"

희주가 갑자기 혼자 키득거렸다.

"뭔데?"

희주는 주위를 살피더니 내 귀에 입을 대고 말했다.

"고환 형제요."

"아, 그런 사람들 많지 뭐. 연출하는 친구들 중에 안 그런 사람이 몇이나 되겠어."

희주가 의아한 눈빛으로 나를 쳐다보았다.

"선생님 고함이 뭔지 모르세요?"

내가 의아한 눈빛으로 희주를 쳐다보았다.

"아이참, 그것도 모르세요? 불알이요!"

희주는 웃겨 죽겠다는 듯 깔깔거렸다. 그러다 담배 연기가 목에 걸려 기침을 해대며 주저앉았고 턱으로 쏟아진 침을 아무렇지 않게 슥슥 닦아냈다. 처음 학원에 들어왔을 때 친구들 앞에서 자기소개를 하다 울음을 터뜨리던 아이였다. 내 연기 교육이 성공적이었던 걸까. 국어 교육이 실패한 것은 분명했다.

"담배는 언제부터 피웠니?"

희주가 애교스럽게 혀를 한 번 내밀고는 대답했다.

"중학교 때부터요."

나는 희주의 얼굴을 쳐다보았다. 염색을 한 것 빼고는 학원을 다닐 때와 크게 달라진 것이 없었다.

"다시 갈게요! 배우 분들 준비해 주세요!"

멀리서 제작부 스탭이 소리쳤다. 나는 다시 패딩을 벗었고 희주는 다시 코쿤 털이 달린 모자를 뒤집어썼다. 출발하기 전에 나는 희주에게 물었다.

"빌 클레버리가 누군지 아니?"

삼십 분째 수연을 따라 걷고 있었다. 나란히 걷기도 힘든 좁은 골목이었는데 수연이 앞장 서서 걸었고 나는 뒤따라 걸었다. 아무리 걸어도 다 똑같은 골목이어서 제자리로 돌아온 것 같은 기분이 들었다. 혹시 길을 잃은 것 아닌가 생각했지만 수연의 발걸음은 거침이 없었다. 얼마나 더 가야하는지, 진짜 이런 곳에 극장이 있는지 묻고 싶었지만 수연은 대답해주지 않을 것 같았다.

이름이 수연이란 것과 핸드폰이 없다는 것이 그녀에 대해 내가 아는 전부였다. 다시 말해 그날 카페에서 우리가 나눈 대화도 이게 전부였다. 굳이 추가하자면 그녀는 연기를 하지 않는다는 것 정도. 그녀의 번호를 물었을 때 그녀는 핸드폰이 없다고 대답했다. 좀 더 그럴듯한 핑계를 대지. 명백한 거절 앞에서 낙담해 있을 때 수연은 불쑥 종이 한 장을 내밀었다. 그녀는 그 위에 내 번호를 쓰게 했고 오늘 오전에 전화가 왔다.

발신자 정보 없음

액정에 뜬 문구가 꼭 수연의 표정 같았다.

"여보세요."

전화기 너머에서 아무 소리도 들리지 않았다. 잠시 후 수신자 부담 전화 안내 메시지가 흘러나왔다.

연결을 원하시면 별표를 눌러주세요.

핸드폰이 없다고 주장하는 무표정한 여자. 그 표정에 홀린 멍청한 배우 지망생. 가도 가도 똑같은 골목. 불길한 생각들이 꼬리를 물고 이어졌다. 지금이라도 도망칠까. 그러나 이 미로 같은 골목을 혼자 빠져나가기는 불가능해 보였다. 그때 수연이 멈춰 섰다. 금방이라도 무너질 것 같은 3층 건물 앞이었는데 어떤 간판도 붙어 있지 않았고 심하게 녹슨 셔터가 내려가 있었다. 수연은 아무렇지도 않게 가방에서 핸드폰을 꺼내 어디론가 전화를 걸었다. 잠시 후 셔터가 올라갔고 배경과 전혀 어울리지 않는 검은 정장 차림의 남자가 모습을 드러냈다. 하얗게 센 턱수염이 깔끔하게 정리되어 있었고 하얗게 센 머리카락은 포마드를 발라 뒤로 넘긴 상태였다. 꼭 대부에 나온 말론 브란도 같았다. 수연은 남자와 인사도 나누지 않은 채 건물 안으로 들어갔다. 나는 바로 수연을 따라가지 못하고 망설였다. 내가 가버린다고 한들 수연은 눈 하나 깜짝하지 않을 것이 분명했다.

"곧 시작합니다."

정말 극장이란 말이야? 남자는 나를 향해 숱이 많은 흰 눈썹을 한 번 씰룩거렸다. 네가 생각한 일 따위는 일어나지 않으니 걱정하지 말라는 메시지와 안 보면 후회할 걸, 하는 은근한 도발이 뒤섞인 눈짓이었다. 나는 수연을 따라 건물 안으로 들어갔다. 등 뒤에서 셔터 내려가는 소리가 들렸다. 그리고 내가 생각했던 일들은 일어나지 않았다.

"대학원은 왜 그만두셨어요?"

이력서를 훑어보던 원장이 말했다.

"아, 그게… 집안 사정 때문에…"

학부 시절부터 열심히 따랐던 교수의 꼬임에 넘어가 대학원에 갔고 태도가 돌변한 교수의 온갖 사적 심부름, 이를테면 컴퓨터 수리, 논문 자료 조사, 지인의 결혼식

참여, 가족의 이삿짐 도우미 등에 질려 그만두었다고 말할 수는 없었다.

지하철에서 빈자리 하나 딱 났을 때 서로 앉으려고 달려들지? 그게 교수 자리야!

교수 자리 운운하며 대학원 진학을 권유했던 교수의 말이라 열이 받기는 했지만 비유 자체는 나쁘지 않았다. 그 덕에 미련 없이 대학원을 그만두었으니 교수로부터 배운 것들 중 유일하게 도움이 되었다고도 할 수 있다. 그리고 아직까지 강사 생활을 전전하는 대학원 동기들을 보면서 그 지하철이 아침 8시에 신도림역으로 가는 2호선이란 사실도 알게 되었다

"그럼 조만간 연락드리겠습니다."

원장은 이력서 파일을 덮으며 말했다. 원장실을 나서려고 했는데 원장이 나를 불러 세웠다. 원장은 다시 파일을 열어 이력서를 들여다보더니 곤란하다는 듯 머리를 긁적였다.

"이 학교 연극영화과 없어지지 않았어요?"

이번에도 수연은 수신자 부담 전화로 연락했다. 이번에도 미로 같은 골목을 앞장서서 걸었고 나는 말없이 뒤따라 걸었다. 목적지는 허름한 3층 건물의 지하. 우리가 앉은 자리를 포함해 여섯 개 정도의 테이블 있는 작은 바였는데 벽에는 영어가 아닌 것이 분명한 글자들이 인

쇄된 포스터들이 붙어 있었고 영어가 아닌 것은 분명한 가사의 노래가 흘러나오고 있었다. 사장은 바에 엎드려 자고 있었다. 수연이 깨워 주문을 하자 빠른 손놀림으로 칵테일 두 잔을 만들어 테이블 위에 올려놓고는 다시 바에 엎드려 잠들었다. 수연은 턱을 괸 채 나를 빤히 쳐다보았다. 나를 부른 건 수연이었지만 그녀는 네가 불렀잖아, 라는 표정을 짓고 있었다. 그러나 이전처럼 당혹스럽지는 않았다. 이번에는 나름대로 준비가 되어 있었다. 그날 극장을 나온 뒤 영화에 대해 한마디도 나누지 않은 채 수연과 헤어졌기 때문이다.

"저번에 봤던 영화 너무 좋았어요."

수연이 턱을 받치고 있던 손을 내려놓았다. 처음 보는 반응이었다. 어쩌면 기회일지도 몰랐다.

사실 기억에 남는 건 눈 한번 깜빡하지 않고 스크린을 바라보던 수연의 옆모습뿐이었다. 그곳은 극장이라기보다는 DVD방에 가까웠는데 푹신한 4인용 소파와 스크린 하나가 전부였고 그 은밀한 분위기 때문에 도무지 영화에 집중할 수가 없었다. 영화가 끝날 때까지 나는 수연의 옆모습을 바라보면서 그녀와 나 사이의 물리적 거리를 좁힐 타이밍만 재고 있었다. 영화에 대해 기억나는 건 알몸의 남자가 얼어붙은 강가에서 해괴한 춤을 추는 장면과 A Film by Bill Clavery라는 자막뿐이었다.

"특히 그 장면 있잖아요. 얼어붙은 강가에서 나체의

남자가 성기까지 덜렁거리면서 춤을 추는 장면이요. 옆에서는 두꺼운 털옷으로 온몸을 다 가린 여자 댄서들이 춤을 추고요. 그게 뭐랄까… 굉장히 메타적으로 느껴졌어요."

수연은 흥미롭다는 듯 고개를 기울였다. 그녀의 시선이 나의 눈에서 떨어지지 않았다. 기회임이 분명했다.

"사실 굉장히 이상한 장면이잖아요? 계속해서 주인공의 시점으로 진행되던 영화이고 그 장면도 남자의 환상이라고 봐야 하는데 갑자기 인물이 바뀌어 있으니까요. 그런데 저한테는 그게 전혀 중요하지 않게 느껴졌어요. 그러니까 현실의 이미지와 일치되는가는 전혀 중요하지 않은 거죠. 라캉이 그랬었죠. 모든 욕망은 대타자의 욕망이라고. 저는 그 씬이 타자에게 종속된 욕망이 주체의 삶으로 온전히 편입되지 못하는 간극을 보여주는 장면이라고 생각해요. 욕망이란 게 원래 그렇잖아요?"

신부의 손을 잡고 호들갑을 떨던 수연처럼 한 호흡에 말을 쏟아냈다. 완전한 몰입. 메쏘드. 간절한 내적 동기가 강력한 정서적 기억과 만났을 때 빚어지는 마법. 나는 진짜 빌 클레버리의 영화에 감동한 관객이었다. 대사를 다 끝내고도 한동안 감정의 여운에서 벗어나지 못했다.

"재미있네요."

나는 최면에서 풀려나듯 수연을 얼굴을 쳐다보았다.

수연이 웃고 있었다. 진실한 연기만이 관객을 감동시킨다. 나는 흥분을 감추며 아무렇지 않은 듯 칵테일을 한 모금 마셨다. 아름다운 보랏빛과는 달리 바카디보다 독한 향 때문에 목구멍이 타는 것 같았다. 참아보려 했지만 기침이 터지는 걸 막을 수가 없었다. 그 모습을 본 수연은 재미있다는 듯 조금 더 크게 웃었다. 흐름을 놓칠 수 없었다. 페르소나. 접신. 또 다른 인격. 예술가병 걸린 선배들의 허풍 정도로 취급했던 바로 그 상태로 빠져들었다. 쉴 새 없이 대사들이 쏟아져 나왔고 수연의 웃음소리가 더 커졌다. 빠른 속도로 빈 잔이 늘어났고 정신이 몽롱해졌다. 필름이 끊기기 직전, 수연이 결혼식장에서 봤을 때처럼 웃었던 것 같기도 했다. 눈을 떴을 때 나는 내 방 침대에 혼자 누워있었다.

여전히 저수지는 얼어있었다. 촬영 장소인 저수지 옆 공터에도 다시 눈이 쌓여 있었다. 두꺼운 롱패딩에 마스크를 착용한 스탭들이 저마다 하나씩 커다란 대비와 눈삽을 들고 쌓인 눈을 치우고 있었다.

"화면 안에 눈이 보이면 안 되니까 쌓아놓지 마."

팔짱을 낀 채 눈을 치우는 스탭들을 지켜보던 PD가 말했다. 스탭들은 군말 없이 눈삽에 눈을 퍼 담고 카메라 앵글이 닿지 않을 곳으로 가져가 뿌렸다. 눈 밑에 깔려있던 흙이 모습을 드러내자 촬영팀이 카메라와 삼각대를 설치하기 시작했다.

"안녕하세요!"

이번에도 고함, 아니 고환 형제는 동시에 악수를 청했다. 나는 왼쪽에 있는 대머리와 먼저 악수를 한 다음에 오른쪽에 있는 대머리와 악수를 했다. 왼쪽에 있는 대머리와 먼저 악수할 때 오른쪽에 있는 대머리의 미간이 살짝 일그러진 것 같았지만 기분 탓이라고 생각했다.

"재촬영을 하게 돼서 정말 유감입니다. 하지만 어쩔 수가 없어요. 저번에도 말씀드렸지만 정말 중요한 장면이거든요."

"맞아요. 늘 바보처럼 헤헤거리던 모자란 남자의 내면에 실은 억압된 욕망이 들끓고 있었다는 걸 보여주는 장면이거든요."

"빌 클레버리의 영화처럼 말이죠."

내가 미소를 지으며 말했다.

"바로 그겁니다."

대머리 형제가 입을 모아 말했다.

이번에도 두 시간 동안 얼어붙은 저수지 옆에서 팬티 바람으로 춤을 췄지만 오케이 사인은 나오지 않았다. 이번에도 대머리 형제는 심각한 표정으로 모니터를 바라보다 자기들끼리 쑥덕거렸고 다 좋은데 한 번만 더 가자는 말만 반복했다. 슬레이트의 숫자가 20을 넘어갔지만 쉬는 시간은 없었다.

"춤을 그런 식으로밖에 못 추나요?"

23번째 테이크가 돌아가던 중 왼쪽에 앉은 대머리가 버럭 짜증을 냈다.

"난 좋은데 왜."

오른쪽에 앉아 있던 대머리가 말했다.

"이게 좋다고? 진심이야?"

심상치 않은 분위기였다. 스탭과 배우들은 마스크 사이로 드러난 눈빛들을 교환하며 눈치를 살폈다. 촬영감독은 녹화 중지 버튼을 누르고 작게 한숨을 쉬었다.

"그러면 어떻게 추는 게 좋을까요?"

"그냥 그대로 해주시면 됩니다."

"그대로 해주시면 됩니다? 아니야, 이게 아니라고. 현실이 아닌 것처럼 보여야 해. 훨씬 더 양식적인 몸짓이어야 한다고. 지금 춤추는 꼴을 좀 봐. 꼭 여자 뒤에 착 달라붙어서 추는 클럽 댄스 같잖아. 금요일 밤 홍대에 가면 널려 있는 놈들 말이야! 아주 현실적이지!"

내 기억이 맞다면 빌 클레버리의 영화 속 남자는 정확히 그런 춤을 추고 있었다. 잠자코 듣고만 있던 또 다른 대머리가 고개를 숙인 채 몸을 부들부들 떨었다. 곧 경멸에 가득 찬 눈빛으로 고개를 들었다.

"너… 설마… 빌 클레버리가 표현주의라고 생각하는 거야?"

"그럼 넌 대체 뭐라고 생각하는데!"

두 대머리의 언성이 점점 높아졌다. 그들은 빌 클레버리의 영화가 표현주의냐 표현주의를 가장한 사실주의냐를 두고 실랑이를 벌였다. 영화를 처음부터 끝까지 제대로 봤다면 이 상황을 진정시키는데 도움이 될 수도 있었겠지만 내가 본 건 나체로 춤을 추는 남자와 수연의 옆모습뿐이었다. 마침내 빌 클레버리의 영화가 표현주의임을 주장한 대머리가 빌 클레버리의 영화가 표현주의를 가장한 사실주의임을 주장한 대머리의 뺨을 후려쳤다. 뺨을 맞은 대머리는 용수철처럼 튀어 올라 다른 대머리를 덮쳤고 두 대머리는 그대로 뒤엉켜 바닥을 뒹굴었다. 곧 모든 스탭들이 달려들어 두 사람을 떼어 놓기 위해 안간힘을 썼다.

"팬티는 왜 입고 있는 거야! 이건 빌 클레버리잖아! 그럼 팬티를 벗겨야 된다고!"

바닥에서 한 번 뒤엉킨 탓에 악을 쓴 게 빌 클레버리의 영화가 표현주의임을 주장한 대머리인지 표현주의를 가장한 사실주의임을 주장한 대머리인지 알 수가 없었다.

"돈 많아요들?"

두 대머리를 포함해 모든 사람들이 일제히 돌아보았다. 소품을 사러 갔다가 돌아온 PD가 팔짱을 낀 채 이 광경을 지켜보고 있었다. 곧 고개를 삐딱하게 돌리며 고환 형제를 향해 걸어가자 길을 막고 있던 스탭들이 홍해처럼 양쪽으로 갈라지며 길을 터주었다.

"아침에도 말했죠. 이미 한참 전에 제작비 오버됐다고. 영화 안 찍을 거예요?"

두 대머리는 초콜릿을 두고 싸우다 엄마에게 들킨 꼬마들처럼 고개를 숙였다.

"다시 준비해요! 시간 없어요! 돈은 더더욱 없고요!"

PD의 한마디에 고환 형제를 포함한 모든 스탭들은 일사분란하게 제자리로 돌아갔다. 그제야 내가 팬티만 입고 있다는 사실이 떠오르면서 살이 베인 듯 아파왔지만 촬영은 그대로 진행되었다. 오케이 사인은 15번의 테이크가 더 돌고 나서야 나왔다. 촬영이 끝난 뒤 핸드폰을 확인해 보니 수연으로부터 부재중 전화가 와 있었고 그날 이후 더 이상 연락이 오지 않았다.

영화가 다 끝날 때까지 내 모습은 보이지 않았다. 엔딩 크래디트에도 내 이름은 없었다. 곧 관객들의 박수 소리와 함께 불이 켜졌고 사회자가 고환 형제를 무대 위로 불러들였다. 두 대머리가 클로드 고반으로부터 영감을 받아 이 영화를 제작했다고 말할 때쯤 극장을 빠져나왔다. 흡연 구역으로 갔을 때 담배를 피우고 있는 희주가 보였다. 피하려고 했는데 희주가 나를 불렀다. 나는 어쩔 수 없이 희주 옆으로 갔다.

"어떡해요. 추운데 그렇게 고생하셨는데."

희주가 안쓰럽다는 표정을 지으며 말했다.

"고생은 무슨. 네가 더 했지."

희주는 나의 말을 믿지 않는 눈치였다.

"희주야."

"네?"

"불 좀…"

희주는 핸드백에서 라이터를 꺼내 불을 붙여주었다.

"힝, 개고생만 하고 이게 뭐예요."

희주가 허공으로 길게 담배 연기를 내뿜으며 말했다. 나는 희주의 옆모습을 가만히 바라보았다. 수연을 닮은 것 같기도 했다.

"이따가 뭐하니?"

"친구들 만나러 가요."

"그렇구나."

나는 담배를 한 모금 빨았다. 희주는 마지막으로 길게 담배 연기를 뱉은 뒤 능숙하게 손가락을 튕겨 담뱃불을 껐다.

"갈게요 선생님! 다음에 또 봬요."

"그래 연락해."

희주는 손을 흔들고 돌아섰다. 나는 잠시 망설이다 희주를 불렀다. 희주가 뒤를 돌아보았고 나는 용기를 내 물었다.

"클로드 고반이 누군지 아니?"

버스 정류장으로 가는 길에 건물 사이로 난 좁은 골목이 보였다. 나는 잠시 멈춰 골목을 바라보았다. 두 사람이 나란히 걷기도 힘든 좁은 골목, 빌 클레버리의 영화를 틀어주던 이상한 극장, 바카디보다 독한 보랏빛 칵테일을 팔던 이상한 바. 문득 그런 곳들이 진짜로 있긴 했었는지 의심스러워졌다. 그때 핸드폰이 울렸다. 010으로 시작하는 11자리 번호가 찍힌 액정을 보자 어쩐지 우울해졌다. 전화는 얼마 전에 면접을 봤던 연기 학원의 원장으로부터 온 것이었다. 원장은 내일부터 출근할 수 있냐고 물었고 나는 당연히 가능하다고 대답했다. 다시 버스 정류장을 향해 걸으면서 오늘은 일찍 자야겠다고 생각했다.

출근길에 당선 전화를 받았습니다. 전혀 기대하지 않고 있었기에 도무지 실감이 나지 않았는데 당선소감을 쓰기 위해 컴퓨터 앞에 앉고 나서야 비로소 떨리기 시작했습니다. 우선 감사한 분들의 이름부터 불러보겠습니다. 늦은 나이에 다른 길을 선택한 아들을 항상 응원해주신 어머니와 아버지, 그리고 사랑하는 동생 효윤이와 가족들, 지루했던 대학 생활을 풍요롭게 해준 Bassment167의 멤버들, 한 번도 소설을 가르쳐주신 적은 없지만 늘 소설적인 것이 무엇인지를 고민하게 해주신 이효인 교수님, 부족한 글을 작품이라고 불러주시고 가능성을 높게 사주신 김현숙 작가님께도 감사의 말씀을 전합니다.

문학이 직업이 되기를 바라던 때가 있었습니다. 수험서를 읽듯이 소설을 읽었고 이력서를 쓰듯이 소설을 썼습니다. 시간이 지나 다른 직업을 갖게 되었고 이제 문학은 저에게 취미(趣味)가 되었습니다. 그리고 깨달았습니다. 문학이 직업이라는 형식이나 제도로서 존재하는 것이 아니라 '아름다운 대상을 감상하고 이해하는 힘' 그 자체라는 사실을. 저에게 주신 이 기회가 제가 작가임을 증명하는 자격증 같은 것이 아니라 당신이 어떤 일을 하면서 살아가던지 부디 문학에 대한 애정과 즐거움을 잊지 말아 달라는 당부의 편지라고 생각하겠습니다. 끝까지 쓰겠습니다.

작가 지망생들의 신선하고 풋풋한 응모작을 읽는 일은 늘 새로움과 설렘을 동반한다. 그건 올해도 예외가 아니었다. 해를 거듭할수록 더욱 성황을 이뤄 소설 부문만 128편. 예심을 거쳐 본심에 올라 온 작품은 총 10편이었다. 올해의 특이점이 있다면 응모자 대다수의 연령이 20대에서 40대 초반이라는 사실, 그리고 직장인신춘문예의 특성상, 모두 자신이 처한 일터에서 땀 흘려 일한 절절한 체험을 바탕으로 한 이야기라 참신하고 생생한, 실험적 기법의 수작이 많았고 그만큼 심사가 용이하질 않았다.

예심을 거쳐 본심에 올라 온 10편의 작품 중 선자의 시선을 끈 작품은 「수족관, 미늘」, 「바늘빼기」, 「빈집이 전해준 말」, 「영원히 시작하는 마음으로」, 「이상한 연애」 등 5편이었다. 모든 작품이 각각 장점과 단점이 눈에 띄어 우열을 가리기가 힘들었다.

「수족관, 미늘」은 붕장어 식당을 운영하는 아픈 어머니를 도와 열심히 일을 배우는 딸의 모습이 대견하고 아릿한 감동으로 다가왔고, 유려한 문체, 은비늘처럼 빛나는 섬세한 감각이 단연 빼어났으나 작품 전반을 흐르는 뭔지 모를 기시감이 맘에 걸렸다. 보다 신인다운 참신함과 패기를 기대한 탓일까. 특히 결말 부분의 상투성이 흠결로 남아 아쉬웠다.

「바늘빼기」의 경우, 원고 말미에 '집필 경험 없음'이라 본인이 밝혔듯 구성이나 문장의 유연성은 떨어지나 이야기 전반에 걸쳐 고교 동창들의 캐릭터가 생생히 살아 있고 무엇보다 죽은 친구에 대한 화자의 우정이 후반에 갈수록 더욱 짙게 드러나 감동을 자아내는 점이 강점이었으나, 결말의 미흡함이 선정의 감점 요인이 되어 제외되었다.

「영원히 시작하는 마음으로」는 부자(父子) 두 사람이 모두 목회자의 삶을 살아가는 한 가족의 잔잔한 상생이 고요한 울림을 안겨주었다. 그러나 열네 살이나 연상인 여자와의 결혼을 앞둔 화자의 갈등과 고뇌에 대한 천착보다는, 교회의 이전을 중심으로 펼쳐지는 이야기가 너무 종교적인 분위기로 흘러 직장인신춘문예의 취지와는 다소 좀 어긋난다는 결론을 내렸음이 안타까웠다.

「빈집이 전해준 말」은 알바로 중국집 배달원을 하는 화자가 인근 가구점 사장의 부탁으로 막 이사 간 어느 젊은 여자의 새집을 방문, 서류에 도장을 찍어 오라는 심부름을 맡는다. 그러나 도착한 집에 사람은 아무도 없고 현관문은 잠겨 있질 않아 가구점 사장의 허락으로 겨우 집안에 발을 들인다. 이삿짐이 미처 정리되지 않아

한편에 수북이 쌓여 있는 짐더미 속에서 화자는 한 권의 앨범을 발견하곤 무료함과 호기심에 무심코 그것을 뒤적이다간 놀라운 사실을 발견한다. 다소 황당한 설정이나 생에 대한 나름의 따스한 시선과 사유가 끝까지 이야기의 끈을 놓지 않게 하는 점이 돋보였다. 그러나 구성의 묘미가 결여된 평면적 서술, 그리고 수필적 요소 다분한 결말 부분의 미약함이 끝내 선택을 미루게 했다.

「이상한 연애」는 매우 모호하고도 흥미로운 작품이었다. 고실업시대의 불운 속에 직장, 연애 등 그 어느 것에도 정체성을 찾지 못해 부유할 뿐인 젊은이의 초상을, 짐짓 무척 예사로워 보이나 결코 예사롭지 않은 문체로 담아 낸 솜씨가 놀라웠다. 더없이 평이한 서술 속에 번뜩이는 풍자와 위트, 유머가 숨겨져 있음은 대단한 재능이다. 젊은이들이 흔히 쓰는 웃프다는 말, 그 웃픔, 페이소스 속에 한 가닥 미소를 자아내게 하는 어법도 독특하였다.

라캉의 욕망 이론에 의하면 '모든 욕망은 대타자의 욕망을 욕망한다.' 화자의 모든 행위를 그에 대입하자면 그 모든 것은 연극영화과 출신답게 한낱 연기를 위한 연기일 뿐인 것. 문장의 잦은 생략법으로 단락 간 의미 전달이 명확치 않은 점. 빈번한 행갈이 등 몇 가지 미흡함이 남긴 했으나 모든 것은 시간과 함께 점차 완숙해 갈 것을 믿기에 기꺼이 당선작에 올린다. 역량 있는 신인 작가의 탄생을 축하하며, 그 외 모든 응모자들에게도 꾸준한 정진과 문운을 기원한다.

— **심사위원** : 김현숙 소설가

바라나시 여의도

이승환

　인도 바라나시에서의 일이다. 전설보다 오래된 도시에서 있었던 15년 전의 일들이 아직도 생생하게 기억난다. 머리까지 올라오는 18kg의 배낭에 론리플래닛 한 권을 들고 관광객이 없던 곳을 찾아다니던 장기 여행자에게 갠지스를 품은 바라나시만큼 매혹적인 곳은 없었다.

　바라나시의 골목길은 말 그대로 미로다. 사람 한 명 겨우 지나갈 크기의 골목이지만 소들이 그 길마저 막고 꾸벅꾸벅 졸고 있기 일쑤였다. 녀석들의 궁둥이를 때려가며 동네 마실 다닐 정도가 돼야 바라나시 좀 다녀봤다는 소리를 듣는다. 나는 그 정도 바라나시에 머물렀다.

　내가 머문 숙소는 갠지스에서 가장 큰 화장터 마니카르니카 가트 앞의 작은 게스트하우스였다. 창문만 열면

화장터의 불길이 보였고, 장작 타는 냄새와 연기가 하루 종일 방안으로 가득히 밀려 들어왔다. 그와 함께 수시로 들려오는 소리가 있었다. "람람싸드야혜! 람람싸드야혜!" 그것은 고인을 어깨에 둘러멘 유가족들이 화장터로 가며 외치는 소리이다. 꼭 우리네 옛 상갓집 곡소리 같은 그 소리는 '라마신은 알고 계신다'라는 뜻이었다.

갠지스에서의 화장은 모든 인도인들의 꿈이다. 윤회의 끝을 의미하기 때문이다. 그러나 천국의 문과도 같아야 할 그곳의 실상은 지옥의 끝인 것만 같았다. 화장터 입구에는 자신을 화장시킬 장작을 사기 위해 구걸하는 노인, 장님 부부 사이에서 태어나 빌어먹는 것부터 배운 아기, 외팔로라도 장작을 날라 한 끼 먹을 돈을 버는 남자까지 문명사회에서는 상상할 수 없는 모습이 눈앞에서 매일 펼쳐진다.

나는 무슨 감상에서인지 아니면 '카르마'에서인지 하루 한 끼의 식사 비용을 아껴 그 돈으로 제법 양이 되는 쌀 한 봉지를 샀다. 구걸하는 이들에게 한 줌씩이라도 나눠주려는 의도였다. 하지만 길가의 어린 아이에게 한 줌을 내밀자마자 나의 모든 계획은 수포로 돌아갔다. 주위의 모든 거지들이 나를 향해 달려와 쌀 봉지를 손으로 뜯어버렸다. 그럼에도 그들은 땅에 떨어진 쌀들을 진흙

과 함께 주워갔다. 나의 선의가 이들의 아귀다툼을 만든
것이다. 뭐랄까 연민보다는 두려움이, 동정보다는 당혹
감이 솟구쳐 올랐다.

나는 화장터 계단에 앉아 "왜 저럴까" 하는 마음으로
그들을 지켜봤다. 놀라운 경험은 그 뒤에 이루어졌다.
내가 가져간 쌀을 아귀다툼 끝에 집어간 거지들 중 아기
를 안은 엄마가 계단 끝에 앉아 있었다. 그녀는 치마폭
에서 아까 진흙과 재로 범벅이 된 쌀들을 꺼내 갠지스
강물에 씻어 녹슨 깡통에 담고 있다가 나와 눈이 마주쳤
다.

잠시였다. 우리는 절로 짧은 눈인사를 나누었다. 그
짧은 눈인사에서 나는 뭔가의 뇌관이 '뚝' 하고 끊어지는
느낌을 받았다. 내 추억을 위해 낭만에 취한 작은 선의
로 쌀봉지를 들었던 알량함이 부끄러워졌다. 그들의 삶
은 동정과 연민의 대상이 아니라 그저 삶이었다. 그리고
내가 그들에게 보일 수 있는 최대한의 존중은 생색내기
가 아니라 그 삶을 있는 그대로 바라보는 것이었다. 그
때서야 바라나시가 제대로 보이기 시작했다.

죽기 위해 찾아온 사람들의 역설적인 삶, 가장 성스러
운 곳에서 세속적일 수밖에 없는 장사꾼들의 치열함, 영

혼의 정결을 위해 오물이 떠다니는 흙탕물 속에 몸을 담그는 순례자들의 간절함, 그리고 문제도 모르면서 답을 찾겠다고 찾아온 여행자들의 어쭙잖음까지 바라나시는 이 모든 역설과 혼돈 그 자체의 도시로 살아 있었다.

여행도 끝났고 학업도 끝났다. 그리고 여의도 직장인이 된 지 10년이 된 요즘 이곳 여의도에서 그때 그 바라나시의 감정이 다시 느껴진다. 이곳은 누군가에게는 선망의 대상이지만 또 누군가에게는 일상의 지루함이자 탈출하고 싶은 장소이기도 하다. 정장에 사원증을 걸고 백팩을 맨 채 갈길 바빠 다니는 사람들의 모습은 모두 비슷하지만 그 머리와 마음에는 또 어떤 기대와 희망, 그리고 고민과 갈등이 채워져 있는지 알지 못하는 곳이다.

나는 바라나시 골목을 돌아다니던 마음으로 여의도 빌딩 속 사람들의 마음속을 돌아다니고 싶었다. 일상 속 누군가의 이야기들은 또 다른 여행이 되지 않을까 하는 마음 때문이었다. 여러 사람들을 만났다. 일로 만났지만 인연이 된 만남도, 학연과 지연으로 만났지만 남이 된 만남도 많았다.
새로운 사람들과의 만남이 형식을 지나 재미를 넘어 의미가 되기까지는 많은 노력과 에너지가 필요하며, 원치 않는 상처 역시 수반된다는 사실을 알게 됐다.

이제야 여의도를 제대로 보는 것 같다. 이곳에서는 모두에게 좋은 사람이 될 수도, 또 될 필요도 없었다. 오히려 얄팍한 호기심이나 어쭙잖은 선의로 누군가를 대하는 것은 피차의 삶에 피로도만을 더 높일 뿐이다. 여기는 만남을 통해 그냥 일이 잘 되는 것이 더 좋은 곳이다. 선의보다는 신뢰가, 호의보다는 실력이 우선되어야 하는 곳이 바로 이곳의 삶이었다.

동정과 연민을 버리자 바라나시가 있는 그대로 보였던 것처럼, 호의와 기대를 버리자 여의도가 있는 그대로 보였다. 역설과 혼돈이 바라나시의 본모습이듯 냉정과 이성이 여의도의 본모습이다. 그 냉정함을 탓할 것도 없고 인위적 따뜻함을 찾을 필요도 없다. 다만 그 안에서 살아가는 사람들의 삶을 있는 그대로 함께하면 된다.

여의도에서의 인위적 만남과 작위적 관계에 지칠 때 나는 15년 전의 바라나시가 생각난다. 전혀 다른 두 세계의 완전히 다른 풍경이지만 있는 그대로를 인정하고 받아들이는 것은 여전히 어렵다. 그래도 나는 바라나시 여의도에서 늘 여행과도 같은 만남을 기대한다.

현실의 삶에 충실하고자 sns를 하지 않았습니다. 하지만 내 삶의 일상과 감동 그리고 희열과 성찰은 기억하고 싶어 꼬닥꼬닥한 혼자만의 글들을 남겨두었습니다.

써보니 수필이고 공감해줄 한둘은 있을 것만 같았습니다. 그래서 응모한 글이 과분한 평가를 받았습니다. 제 삶의 흔적에 공감해주신 심사위원 선생님들께 깊은 감사의 마음을 전합니다.

'직장인', '신춘문예', '수필', 이 세 단어에 마음이 설렜습니다. 직장인으로서, 그리고 저자로서도 글을 써왔지만 항상 무언가를 밝히고, 설명하고, 주장하고, 비판하는 '칼' 같은 글들이었습니다. 하지만 마음 한편에는 어디든 던져놔도 누구든 가지고 놀 수 있는 둥글둥글한 '굴렁쇠' 같은 글을 쓰고 싶다는 생각을 늘 품고 있었습니다.

'투데이신문 직장인신춘문예'는 제 '칼' 같은 글과 마음을 '굴렁쇠'로 만들 기회가 되었습니다. 이 기회를 소

중히 생각하겠습니다. 그리고 살벌한 생업의 전선에서
또 다른 직장인들에게 재미와 감동, 그리고 의미가 되는
글 들을 꼬닥꼬닥 써나가겠습니다.

수필은 어떤 특정한 형식에 구애받지 않고 자신의 느낌, 정서, 사유 등을 격조 높게 표현하는 산문형식이다. 소설이나 시와 같은 형상화 과정과는 조금 다르게 필자의 내면에 존재하는 사유를 깊은 철학관과 가치관 등을 통해서 직설적으로 표현한다는 데 특징이 있다. 그만큼 남다른 감동과 깨달음을 주는 장르라 할 수 있다. 예심을 거쳐 올라온 20편은 글쓰기의 기본이 잘 갖춰져 있음을 물론, 의외로 깊고 건전한 사고와 현실에 대한 예리한 태도를 보여주었다. 당선권에 든 세 편을 두고 크게 고민했다.

박창표의 「도래솔」은 무덤을 둘러싼 소나무를 말한다. 첫 문장부터 고급스럽게 다듬어진 묘사가 돋보였다. 삶과 죽음을 지켜보며 인간의 욕망과 번뇌를 잠재우는 사연에 숙연해져 옷깃을 여미게 된다. 격조 높은 문장, 깊은 관조와 깨달음으로 깔끔한 한 편의 수필이 생산되었다.

어진봉의 「가장 뜨거운 우주의 별들」은 낮에는 성난 욕설이 오가고, 밤에는 간절한 기도가 흐르는 병원을 무대로 하고 있다. 사람의 온기는 차가운 최신식 수술 장비보다 더 오래 기억된다. 삶을 마감하는 호스피스 병동으로 가는 구름다리의 묘사가 압권이다. 삶과 죽음이 오가는 병원에서의 기쁨과 슬픔, 축복과 애도를 치밀하게 묘사하고 있다.

이승환의 「바라나시 여의도」는 여의도에서의 직장생활 10년을 모든 인도인들의 꿈인 갠지스 강의 화장장을 본 경험을 통해 성찰하고 있는 글이다. 갠지스 강을 품은 바라나시의 풍경 묘사가 리얼하고 감동적이다. 역설과 혼돈의 바라나시와 냉정과 이성의 여의도를 대비하면서 진정한 가치를 찾아내는 논리적 과정이 아주 안정적이었다.

세 편이 각각 개성이 뚜렷해서 우열을 가리기가 몹시 힘들었지만, 심사숙고 끝에 이승환의 「바라나시 여의도」를 당선작으로 선정했다. 앞으로 더욱 정진하여 훌륭한 수필가로 성장하기를 바란다.

— **심사위원** : 김선주 소설가

2022년
제7회 투데이신문 직장인신춘문예
당선작

시 부문 당선
조선이
전북 남원 출생.
경희사이버대학교 문예창작학과 졸업.
하나로마트 상계점 근무.

소설 부문 당선
백수연
서울 출생.
서울교육대학교 졸업.
교사.

수필 부문 당선
정희정(필명: 드ㅁ)
서울 출생.
국민대학교 교육학과/국어국문학과 졸업.
프리랜서.

시 120인 479편, 단편소설 81인 89편, 수필 50인 112편. 응모작이 이전보다 조금 줄었다. 그러나 '직장인신춘문예'에 걸맞은 작품들이 주를 이루었다. 이는 응모자의 직업군이 다양하다는 것에 그치지 않고, 실제 노동과 근로의 현장에서 얻은 체험적 내용이 짙게 밴 작품이 많았다는 뜻이다. 올해로 제7회, 당초부터 우리가 원해온 일이 이제 정착단계에 든다는 느낌을 받았다.

산업화시대 이후 직장은 일상을 영위하게 하는 재화의 생산현장으로 사회인들에게는 피할 수 없는 자리가 되어 왔다. 한국문학은 가끔 이 사실을 잊고, 우리들 전반적인 삶의 중심에 놓인 직장을 회피하거나 우회할 대상으로 인식해온 감이 없지 않다. 그 때문에 '문학적인 것'을 얻었다 소리를 듣고 있을지는 모르지만 어쩌면 삶의 실제적 영역이 축소된 '일그러진 미학'이 되고 있지 않나 싶다. 이에 따라 '직장인신춘문예'의 근거는 더욱 확실해지고 있다고 믿는다.

시 부문 당선작 「달빛愛 미용실」은 늦은 퇴근길에 들르는 야간 미용실을 찾아 미용사에게 머리를 맡기고 앉은 한 직장인의 모습을 그리고 있다. '달빛愛 미용실'이라는 이름에서 짐작되듯 그곳에 앉으면 달의 세계에 와 있는 듯 착각에 빠진다. 미용하는 시간을 천체를 유영하는 상상의 시간으로 전이하다니! 참신하다 하지 않을 수 없다.

단편소설 부문 당선작 「다시, 아라비아로」는 기업의 이미지를 지키기 위해 부도덕하고 비윤리적인 상행위를 속행하려는 사주 측을 고발하려던 한 직장인을 주인공으로 살려냈다. 그 인물은 끝내 뜻을 이루지 못하고 교통사고까지 당해 병원에서 수술을 받고 병실에서 지내고 있다. 뜻밖에도 병원 역시도 본분을 잊은 직장인들이 판을 치는 곳. 주인공은 다시금 부당한 상황을 걷어낼 의지를 되찾는다.

수필 부문 당선작 「투명했던 그 여름」은 병마를 이겨내고 다시 직장생활을 시작하는 '직장인의 복귀'를 체험적으로 썼다. 직장인의 지위를 회복하는 기쁨을 '도장'의 쓰임이라는 상징에 담음으로써 자칫 장황할 수 있는 내용을 집약적으로 돋보이게 했다. 직장의 소중함을 개인의 회복을 통해 드러내는 과정이 탄탄하면서 여유로웠다.

이들 당선작들은 구체적 체험을 바탕으로 진지하고도 새로운 상황을 포착하고 있어, 문학의 전문성을 기교의 극대화로 이해하는 문화적 선입견을 반성하게 한다는 점에도 충분히 값지다고 할 수 있겠다. 당선을 축하드리고, 최종에 올랐지만 시선을 더 받지 못한 응모자에게 격려의 박수를, 문학을 삶의 일부로 생각하는 마음으로 귀한 원고를 투고해 주신 모든 응모자 여러분에게 감사의 인사를 보낸다.

— 심사위원회

달밤愛 미용실

조선이

우주역 1번 출구엔 가위질하는 달이 떠 있어요.

해질녘이면 실눈이 열리는 유리 캡슐
'야간 시술, 꼬리별 속눈썹 가능'
눈웃음에 부서지는 하루를 마감하고
낮과 밤의 눈을 바꾸고 싶으면 찾아가는 곳.

미용사는 거울에 비친 머리를 만지며 고개를 갸웃거
려요.
손님, 머리 모양을 보름달처럼 바꿔볼까요?

그녀는 달의 둘레와 지름까지 연구하는 천체물리학자
같아요.
달빛을 흔들어 분화구를 찾아내고
암모니아 냄새를 맡고 새치를 골라내기도 하지요.

〈

저 멀리 계곡에선 북두가 어렴풋이 물길을 열어요.
솜누스*가 출렁이면 달의 뒷면에서 은하수가 쏟아져요.
헤어캡에서 터지는 기포소리
토끼가 달팽이관에서 고개를 내밀기도 해요.

그녀는 다시 만날 걸 약속이나 하듯
달그림자를 지우며 복숭앗빛 매니큐어를 발라요.
헤어캡에서 부적 같은 손톱달 하나씩을 꺼내줘요.

창밖으로 보이는 우주역 앞에는
갈 길 모르는 지구인들이 웅성거리고 있어요.
암스트롱이 살다간 집을 그들은 찾을 수 없어요.

툭툭 잘라낸 속눈썹이 전갈자리 같아요.
애인과 함께 안드로메다로 떠날 그날을 생각해요.

*잠의 신

벗나무에 봄비가 맺혀있는 오전 이삿짐 사다리가 올라갑니다.

이 순간에도 누군가의 의자는 치워지고 누구의 의자는 채워집니다.

지난달 아버지 장례식을 치르고 돌아와 출근 준비하던 중 해고 통보를 받았습니다.

다행히 겹벌이하고 있었습니다.

불안한 생활 앞에서 속수무책 당할 수밖에 없는 나약한 존재가 또 다른 세계에 한 발 내딛습니다.

늦게 공부를 시작했기에 남들보다 두서너 배 더 노력해야 했습니다.

새벽이 올 때까지 단어를 찾고 문장을 고치고 또 고쳤습니다. 좌절과 끈기로 버텨온 시간에 첫 번째 봄꽃처럼 당선 소식을 접했습니다.

나의 과거 현재 미래는 지금부터 시작이다. 봄비처럼 언 땅에 낮은 자세로 더욱 정진하여 하늘에 계신 아버지께 위안과 희망을 드리고 싶습니다.

김기택 교수님의 찰진 회초리가 무서웠지만 그게 보

약이 되었습니다.

감사합니다. '새울음나무' 문우님들 채율, 재순 님께도 감사드립니다.

그리고 누구보다도 응원을 아끼지 않았던 남편이 고맙고, 두 딸 수연, 수아 사랑한다.

저에게 손을 내밀어 주신 박덕규 교수님과 최대순 시인님께 감사드립니다.

삶을 긍정하는 해학

예심을 통과해 올라온 작품을 또 한 번 거르고 나니 「돌고래」 외, 「노이즈마케팅」 외, 「맑은 엄마」 외, 「중심」 외, 「새벽틀」 외, 「오늘의 운세」 외, 「골목에 스위치를 켠다」 외, 「목화」 외, 그리고 「달밤愛 미용실」 외, 「바지랑대」 외, 「파릉」 외, 「책장 다비(茶毘)」 외 등 12인의 응모작이 남았다. 전반적으로 일정한 수준에 올라 있어서 여러 차례 다시 보기를 했다. 그 결과 뒤에 남은 4인 작품으로 좁혀졌다.

「책장 다비(茶毘)」는 낡은 책장에 있던 책들을 버리는 내용이 새로워 보였는데 '비워야 비워지는 것들'이라는 깨달음을 얻는 필연적 과정이 부족해 보였다. 「파릉」은 '파릉' 등 봄작물을 경작하는 광경이 실감나게 그려졌지만 시상의 일관성이 조금 일그러져 있었다. 「바지랑대」는 '젖어 늘어진 생의 무게를 떠받치는' 바지랑대의 형상이 볼 만했지만 언어의 중복이 심했다.

「달밤愛 미용실」은 직장인을 위해 야간에도 문을 여는 미용실의 분위기를 우화적으로 형상화한 시다. 그 미용실이 '우주역 1번 출구'에 위치한다는 공간설정, 미용사가 '달을 연구하는 천체물리학자 같다'는 직유, 솜누스(잠의 신)가 출렁일 때 "달의 뒷면에서 은하수가 쏟아"진다는 환유 등이 단순히 재치에 그치지 않고 삶을 긍정하는 해학에 맞닿아 있었다. 미용실을 들어갔다가 나오기까지의 경과를 흐트러짐 없이 형상화한 데서 만만찮은 역량이 느껴졌다. 함께 보낸 시「움푹 들어간 곳」등도 안정감 있는 시였다.

「달밤愛 미용실」을 당선으로 올리고 축하의 말을 전한다.

— **심사위원** : 박덕규 시인, 문학평론가

다시, 아라비아로

백수연

후두둑. 자동차 앞 유리를 사정없이 내리치는 빗방울 소리에 정신이 아득해졌다. 사이드미러도 흐릿했다. 안개와 폭우로 사방은 온통 뿌옇기만 했다. 원망스럽게 올려다본 하늘은 캄캄한 잿빛이었다. 그 순간, 강한 충격과 함께 하늘로 날아오르듯 몸이 붕 떴다가 몇 번인가를 구른 것 같았다. 그게 마지막으로 기억나는 장면이다. 힘겹게 눈을 떴다. 병실의 하얀 천장이 눈에 들어왔다. 햇빛을 좀 보고 싶었다. 따사로운 햇볕이 그리웠다. 시선이 자꾸만 창가를 향했지만, 유리창을 덮은 블라인드는 종일 내려져 있었다. 중환자실이 원래 그런 건지 이곳 간호사들이 햇빛을 싫어하는 건지 며칠째 창밖을 전혀 볼 수 없었다. 블라인드를 잠시만 올려달라는 부탁을 하려고 했는데 간호사들의 인수인계가 시작되었다. 조금 기다리기로 했다.

베드 세 개마다 데스크가 하나씩 있었고, 데스크마다

간호사가 둘씩 앉았다. 중환자실에는 텔레비전이나 라디오 같은 건 없었기 때문에 주의를 끄는 건 오로지 간호사들의 말소리뿐이었다. 간호사들은 인수인계를 하면서 동시에 문답식으로 테스트도 했다. 선임 간호사들은 신규 간호사들에게 의료용어의 뜻이나 증상에 따른 처방 약 같은 것을 물었다. 신규 간호사들은 종종 대답을 못했다. 그럴 때면 기다렸다는 듯 폭언이 쏟아졌다. 똑똑한 줄 알았는데 아니었다든지, 그 따위로 하니까 무시당한다든지 그런 말들이었다. 사실, 그 정도 말은 심한 축에도 들지 못했는데 차마 입에 담지 못할 말이 들리기도 했기 때문이다. 때때로 신규 간호사가 모르는 것을 질문하면 질문 같은 건 하지 말고 그냥 '네'만 하라고도 했고, 배우는 게 너무 느리다며 등 같은 곳을 찰싹 때리는 소리도 들렸다. 나는 그런 것들을 엿듣고 싶은 생각이 없었지만 피할 도리가 없었다. 눈은 감아 버릴 수 있는데 귀는 왜 닫을 수가 없는 것인지를 한탄했다. 마음이 편치 않을 때면 습관처럼 만지작거리던 편백나무 지압기가 문득 떠올랐다. 이럴 때 그거라도 손에 쥐고 있었다면 좋았을 거라는 생각을 하는데 조금 멀리 떨어진 어딘가에서 큰 소리가 들렸다. 아주 날카로운 목소리였다. 쇠를 긁는 것 같은 음성이었다.

"찾아내! 못 찾으면 퇴근 못할 줄 알아."

대답 대신 흐느끼는 소리가 들렸다. 조금 전까지 내

담당 간호사였던 단발머리 간호사가 울음을 터트린 것 같았다. 날카로운 목소리가 다시 소리쳤다.

"뭘 잘했다고 울어? 우는 소리도 꼭 돼지 같네!"

단발머리 간호사는 짧은 머리에 덩치가 약간 큰 편이었다. 선임 간호사들은 타박을 놓을 때 종종 그녀의 체격과 연관을 지어 빈정거리곤 했다. 예를 들면, 눈치가 없는 게 둔해서 그렇다느니, 뚱뚱해서 둔하다느니 그런 말들을 했다. 사실, 단발머리 간호사가 제일 뚱뚱한 것도 아니었는데 유독 그녀에게만 심한 말이 던져졌다.

흐느끼는 소리가 멈추지 않자 내 침대 앞 데스크에 앉아 있던 어린 간호사가 자리에서 벌떡 일어났다. 이십대 초중반의 앳된 얼굴을 한 어린 간호사는 이브닝 타임에 나를 담당할 간호사였다. 그녀는 심각한 표정으로 내 침대 아래쪽과 캐비닛 주변을 두리번거렸다. 뭔가를 찾고 있는 것 같아서 내가 물었다.

"무슨 일이에요?"

"가위가 사라졌나 봐요. 환자분, 혹시 보셨나요?"

가위라고 하니 별생각 없이 지켜본 장면이 떠올랐다. 새벽이 오기 전, 깊은 밤중이었다. 응급 수술을 마친 환자 한 명이 내 옆에 비어 있던 병상으로 배정되어 왔다. 의식이 돌아오지 않는 할아버지였다. 상태가 위중했는지 할아버지의 환자 감시 모니터에서는 쉴 새 없이 뚜뚜- 하는 경고음이 흘러나왔다. 잠들어가는 영혼까지 흔들어 깨울 작정인 것처럼 시끄러운 모니터 경고음은 아침까지도 이어졌다. 나는 밤새 울려대는 그 소리 때문에 조금도 잘 수가 없었다. 미칠 노릇이었다. 담당 간호사를 불러서 저 사람의 모니터를 제발 삼십 분만이라도 꺼줄 수는 없냐고 부탁하고 싶을 정도였다. 참기 힘들 만큼 스트레스가 쌓였을 무렵, 갑자기 숨이 가빴고 식은 땀이 흘렀다. 또다시 요란한 경고음이 울리기 시작했다. 이번에는 그 소리가 바로 귓가에서 들려오는 것 같았다. 이상한 기분이 들어서 침대 옆에 놓인 내 모니터를 쳐다보았다. 맥박수가 치솟고 있었다. 단발머리 간호사가 놀란 표정으로 달려와 내 귀에 체온계를 꽂았다. 그녀는 40도라고 중얼거리며 급히 해열제를 주입했다. 그러고는 아이스 팩을 가져와서 등에 깔았다. 냉기가 심장에 닿자 겨우 경고음이 멈췄다.

나는 한숨을 쉬며 얼굴을 손으로 쓸어 내렸다. 얼굴이 온통 땀으로 뒤범벅이 되어 있었다. 땀을 닦아내다가 콧줄을 고정해 놓은 반창고를 잘못 건드렸다. 바로 웩하고 구역질이 났다. 단발머리 간호사는 자기 앞주머니에 들어 있던 의료용 가위를 꺼낸 다음 새 반창고를 잘라서 콧줄을 단단히 고정시켰다. 그 순간, 또 모니터 경고음이 울렸다. 건너편 병상이었다. 단발머리 간호사는 캐비닛 위에 반창고와 가위를 놓아두고 건너편 병상의 할머니에게로 달려갔다. 시끄러운 석션 소리와 함께 날카로운 목소리가 들렸다.

"기도가 막혔잖아! 석션 미리 하랬지?"

"했는데도 금방 다시 차오른 것 같습니다."

단발머리 간호사의 풀죽은 대답에 여기저기서 야유하는 소리가 들려왔다.

"아직도 석션 하나를 제대로 못해?"

"잘한다, 잘해."

"야야. 환자 하나 말아 먹기 전에 딴 일 알아봐."

잠시 뒤, 경고음이 멈추면서 석션 소리도 멈췄다. 그때, 퍽! 하는 소리와 함께 단발머리 간호사의 나지막한 비명소리가 들렸다. 누군가가 비아냥거리는 말을 내뱉으며 지나갔다. 쟤는 또 정강이를 차였네, 또 맞을 짓을 했나 보네. 쯧쯧.

곧이어 날카로운 목소리가 단발머리 간호사를 향해 명령을 했다.

"너는 밥 먹을 자격도 없어! 나 밥 먹는 동안 내 환자들까지 전부 목욕시켜 놔."

단발머리 간호사는 울먹이며 그러겠다고 대답했다. 마침 내 담당 레지던트가 드레싱 카트를 끌고 들어왔고, 중환자실은 다시 조용해졌다.

"어디 불편한 곳 있어요?"

레지던트는 수술 부위를 덮은 거즈를 열며 나에게 의례적인 질문을 했다. 조금 전 일어난 일들로 머릿속이 복잡해서 무슨 대답을 해야 할지 선뜻 떠오르지 않았다. 고열에 시달리고 있었고, 수술 부위는 욱신욱신했으며, 허리는 끊어질 듯 뻐근했다. 양쪽 옆구리에 꽂힌 고무 튜브는 복강 내에 고이는 시뻘건 체액을 뽑아내고 있었는데, 그것들의 무게 때문에 몸을 일으킬 수조차 없었다. 어쨌든 적절한 대답을 찾기 위해 당연히 불편한 곳과 이상하게 불편한 곳을 구별해 보려고 애썼다. 아무래도 수술 부위의 상처가 심상치 않았다. 수술한 지 며칠이 지나도록 가라앉기는커녕 점점 더 욱신거렸다. 그 말을 꺼내려는데, 레지던트의 휴대폰으로 중요해 보이는 전화가 걸려왔다. 그는 귀와 어깨에 전화기를 끼운 자세로 전화를 받았다. 갑자기 메모할 게 생겼는지 오른손으로는 종이에 뭔가를 받아 적었고, 왼손으로는 뻘건 소독약을 상처에 쓱쓱 발랐다. 그는 새 거즈로 상처를 다시 덮을 때까지 통화를 계속했다. 나는 그가 전화기나 의료용 기구 같은 것을 내 배 위에 떨어뜨리지 않을까 걱정이 되어 계속 지켜보고 있었다.

그는 소독이 끝나는 동시에 전화를 마쳤고, 벌여 놓은 물품을 서둘러 카트에 담았다. 그러면서 캐비닛에 올려 놓은 자기 볼펜과 함께 단발머리 간호사가 반창고를 자르고 잠시 놓아둔 가위까지 주머니에 넣어 버렸다. 그러고는 인사도 없이 바삐 나갔다.

"환자분, 가위 보셨어요?"

어린 간호사가 거듭 물었다. 어느새 옆으로 와 있던 단발머리 간호사는 시무룩한 표정으로 침대 밑을 뒤지고 있었다. 가위는 레지던트가 가져갔다는 말을 하려고 입을 열었다. 그런데 목소리가 나오지 않았다. 성대가 콧줄에 눌려 바람 새는 소리만 쉭쉭거릴 뿐이었다. 다시 목소리를 내보려고 배에 힘을 주었더니 이번엔 수술 부위가 움찔하며 아팠다. 말 한마디를 자유롭게 할 수 없는 몸 상태에 짜증이 났다. 이런 상태에서 남의 일에 참견하는 것은 아무래도 주제 넘는 일인 것 같았다. 나는 모르겠다는 의미로 고개를 가로젓고는 눈을 감았다.

단발머리 간호사의 시무룩한 얼굴이 자꾸만 머릿속을 맴돌아 마음이 불편했다. 그러나 이미 내 손을 떠나버린 일이었다. 따지고 보면, 애초부터 내가 신경 쓸 일도 아니었다. 나는 다만 환자였고, 내 몸의 치료와 회복에 집중하면 되는 거였다. 어린 간호사에게 무슨 일이냐고 물어 본 것부터가 쓸데없는 오지랖이었다. 눈물이 쏙 빠지게 야단을 맞던 머리가 터지게 싸우던 그건 어디까지나 그 사람들의 일이니까.

그때, 민재와의 인터뷰를 마치고 나서 내가 발제를 하지 않은 것도 비슷한 이유였다. 예상되는 번거로움을 무릅쓰면서까지 그 기사를 써야 할 이유는 없었다. 내가 기자라는 직업을 가지긴 했지만 누구나처럼 지켜야 할 것들이 많았다. 갚아야 할 대출금이 쌓여 있었고, 아직 유치원도 가지 못한 어린 딸아이가 있었고, 노후를 책임져야 할 부모님이 계셨다. 생각해 보면 조문객 하나 없는 그 썰렁한 빈소에도 차라리 가지 말았어야 했다. 그곳에 가지만 않았어도 내가 이곳에 누워 있을 일은 없었을 것이다. 민재가 자살했다는 소식에 놀라서 조문을 갔다가 집으로 돌아오던 늦은 오후였다. 무거운 안개가 내려앉은 자동차 전용 도로를 지나고 있었다. 안개를 뚫고 하얗게 쏟아지던 빗줄기에 차선도 거의 보이지 않았다. 그런 폭우에서 운전한 적은 처음이었다. 빗줄기 속으로 빨려 들어가는 것만 같았다. 현기증이 났다. 쾅! 소리가 들리고 나서야 가드레일에 들이받았다는 것을 깨달았다. 차가 빙글 돌며 옆 차선으로 튕겨 나갔을 때 또다시 충격이 가해졌다. 달려오던 차가 브레이크를 밟지 못했다.

그러고 보면 이 모든 것이, 사라져 버린 모자나이트 때문에 일어난 일이었다. 각종 언론 보도를 통하여 라돈 침대, 라돈 베게의 유해성이 이슈로 떠오르던 무렵이었다. 해당 업체들은 발암 물질이라고 문제가 된, 매트리스의 원료인 모자나이트를 폐기 처분했다. 그런데 약 3톤가량의 모자나이트가 행방불명이 되었다. 사라진 모자나이트가 어디로 향했는지에 관심을 갖는 사람은 아무도 없었다. 당시, 민재는 유아용품 회사에서 영업사원으로 일하고 있었다. 민재는 회사의 문서 파쇄기 옆에서 우연히 세 장짜리 수기문서를 발견했다. 거기에는 모자나이트 재사용에 관한 내용이 담겨 있었다. 폐기처분할 모자나이트를 수유 쿠션으로 만드는 계획이었다. 그걸 본 이후, 민재는 더 이상 영업을 할 수가 없었다. 민재가 주로 영업을 하는 곳은 산후조리원이었다. 출산한 산모들을 상대로 그걸 판다는 건, 인간으로서 해서는 안 되는 일인 것 같았다. 평소 누구보다 열정적이었던 민재의 실적이 눈에 띄게 줄어들자 이상하게 생각한 영업부장은 민재를 불러 무슨 일이냐고 물었다. 민재는 수기문서의 발견에 대해 털어 놓았다. 영업부장 역시 그 말을 듣고 매우 놀란 것 같았다. 자기도 어떻게 된 일인지 한번 알아보겠다며 민재를 다독였다.

얼마 후, 회사에는 민재를 둘러싼 이상한 루머가 떠돌기 시작했다. 민재가 정신분열증으로 정신과 치료를 받고 있다는 것이었다. 그 애는 원래 불면증으로 정신과 병원에 다니고 있었다. 누가 그것을 알고 있었는지, 아니면 언제 미행이라도 했는지 병원에 들어가는 뒷모습이 사진에 찍혀 있었고 회사 사람들은 그것을 몰래 돌려보았다. 동료들은 그때부터 민재를 슬슬 피했다. 같이 점심을 먹으려고도 하지 않았다. 은근슬쩍 따돌림을 받던 민재에게 영업부장은 유일한 의지처가 되었다. 아무도 민재를 상대하지 않을 때에도 영업부장만큼은 변함

없이 그 애를 챙겨주었다. 가끔 점심을 사주기도 하고, 결혼 준비에 보태라며 꽤 큰 돈을 축의금으로 미리 내어 주기도 했다.

그렇게 버텨가던 어느 날, 민재는 탕비실 안에서 흘러 나오는 사람들의 대화를 듣고 충격을 받았다. 정신분열 증이라는 루머를 퍼트린 장본인이 다름 아닌 영업부장 이라는 사실을 알게 된 거였다. 민재는 배신감에 치를 떨며 영업부장에게 따졌다. 영업부장은 전혀 미안한 기 색도 없이 모자나이트와 관련한 수기문서 이야기를 꺼 냈다. 오히려 그는 되물었다. 굴러다니던 종이 몇 장을 핑계로 영업사원이 영업을 못한다면 과대망상이 맞지 않느냐고. 정신분열증의 증상이 과대망상이라는 설명도 태연하게 덧붙였다.

그 이후로 영업부장의 태도는 돌변했다. 종종 민재를 사람 없는 장소로 데려가 폭언을 퍼부었고, 툭하면 손찌 검이었다. 민재가 나를 찾은 것은 그 무렵이었다. 그 애 는 회사를 상대로 싸울 자신이 없다고 했다. 이 일로 시 작된 심각한 우울증 증상 때문에 파혼까지 하게 되었다 고 했다. 그 애는 자기편이 아무도 없다고 말했다.

인터뷰가 끝나고 나는 민재의 어깨를 다독이며 위로 했다. 그러면서 이 기사는 무조건 내일 나가는 거라고도 말해 두었다. 그 애가 보관하고 있던 수기문서에는 모자 나이트 폐기물의 재사용에 관하여 꽤 구체적인 계획이

드러나 있었다. 나는 이만하면 특종이라고 생각했다. 솔직히 말하면 약간은 신나기까지 한 마음으로 발제를 앞두고 있었다. 믹스커피가 당겨서 건물 옥상에 있는 자판기로 갔다. 자판기 옆에는 편집국장이 담배를 피우고 있었다. 그는 나를 보자 마침 할 말이 있었다는 표정으로 담배를 끄고 조용한 곳으로 데려갔다. 그는 사근사근한 태도로 내게 부탁이 있다고 말했다. 친척이 경영하는 회사에서 새로 출시된 상품에 대한 광고 기사를 하나 써달라는 것이었다. 그 회사는 친환경 소재의 유아용품을 만드는 것으로 알려져 있었다. 출산한 지 얼마 안된 여자 연예인들을 모델로 TV 광고까지 꾸준히 해온 덕에 육아를 모르는 사람들도 들으면 바로 알 만큼 인지도가 높았다. 요즘 신문광고에도 공을 들이는 모양인지 우리 신문사와 새로 광고 계약까지 마쳤다고 했다. 민재가 다니는 회사였다.

밤이 깊어갈수록 수술부위가 더 아팠다. 열이 다시 오르면서 상처는 뜨겁게 달아올랐다. 두껍게 동여맨 복대라도 풀면 좀 나을까 싶었다. 아까 레지던트가 왔을 때 물었어야 했는데, 그는 사라진 지 오래였다. 어쩔 수 없이 데스크에 앉아 있는 어린 간호사를 불렀다. 나는 어린 간호사에게 통증을 호소하며 꽉 조여 있는 복대를 좀 풀어도 되는지 물었다. 그녀는 의사에게 물어보겠다고 대답했다.

한참을 기다려도 의사는 답을 주지 않았다. 두세 시간은 흐른 것 같았다. 나는 결국 어린 간호사를 다시 불렀다. 그리고 의사가 왜 답을 주지 않느냐고 물었다. 어린 간호사는 대답을 못하고는 우물쭈물했다. 그 광경을 지켜보던 선임 간호사가 내게 왔다. 결점 하나 없이 곱게 화장한 예쁘장한 얼굴이었다. 그 예쁜 간호사는 어린 간호사의 대변인이라도 되듯 말했다.

"환자분! 의사한테 질문을 하려면 여러 개를 모아서 한꺼번에 해야 해요. 지금 이 문제 하나를 가지고 의사에게 노티(notify)를 할 수가 없어요. 그러니까 조금 기다리세요!"

목소리가 익숙하다 했더니, 쇠를 긁는 것 같은 날카로운 목소리였다. 가위가 사라졌을 때 단발머리 간호사를 독하게 몰아세우던 그 사람이 분명했다. 나는 예쁜 간호사의 얼굴을 자세히 들여다보았다. 그녀의 표정에는 세상의 귀찮은 일들은 모두 짊어진 것만 같은 짜증이 묻어 있었다. 나는 이내 생각을 가다듬고 말했다.

"통증이 심하다고 말했는데도 일을 그렇게 하시면 됩니까? 아침 회진까지 기다릴 수가 없으니 당직 의사에게라도 지금 물어봐 주세요."

그러자 예쁜 간호사는 나를 빤히 바라보다가 아무 말 없이 돌아섰다. 잠시 마주친 그녀의 눈빛에 나는 놀랐다. 섬뜩하리만치 날카로운 눈빛이었다. 그 눈빛을 보자 기분이 이상했다. 내가 그녀에게 그런 눈빛을 받아야 할 만큼 뭔가 잘못을 한 것일까. 아니면 내가 죽음의 가능성을 안고 이곳에 누워 있는 환자라는 이유로 그런 눈빛을 받아도 괜찮을 만큼 하찮게 된 것일까. 나도 모르게 예쁜 간호사를 다시 불렀다.

"그리고 간호사님⋯⋯."

돌아선 그녀가 다시 나를 향했다. 나는 콧줄이 성대를 누르지 않도록 조심하며 또렷하게 말하려고 애썼다.

"간호사들끼리의 일은 나는 모릅니다. 하지만 교육을 빙자한 괴롭힘이 도를 지나친 것은 아닌가요?"

어느새 주위에 간호사들이 모여들었고, 예쁜 간호사는 여전히 대답 없이 나를 노려보았다. 그러고는 어린 간호사를 끌고 어디론가 가버렸다.

생각지 못하게 일이 커져 버린 것 같았다. 뭐하러 그런 말을 내뱉었는지 나 스스로도 어리둥절했다. 하필이면 간호사들의 손에 생사가 달린 이 상황에 그녀들을 자극하는 한심한 일을 벌이고 말았다. 후회가 되어 멍하니 천장만 바라보고 있는데 어린 간호사가 내게로 왔다. 당직 의사에게 노티한 결과, 누워 있을 때는 복대를 풀어도 된다는 답을 받았다고 전했다. 어린 간호사의 달라진 것 없는 태도에 나는 괜한 걱정을 했다고 생각하며 마음을 놓았다. 나는 복대를 열고 상처를 식혔다. 통증이 훨씬 줄어든 것 같았다. 어린 간호사는 조금 편안해진 나를 힐끔 곁눈질했다. 그리고는 옆에 서 있던 다른 간호사에게 귀엣말을 했다.

"선임들이 그러는데, 이 환자는 이제부터 배려해 주지 말래요."

귀엣말이라고 하기에는 목소리가 너무 컸다. 마치 들으라고 하는 소리인 것만 같았다. '이 환자'는 분명히 나를 가리키는 것이었다. 배려해 주지 말라니. 대체 무슨 소리일까. 갑자기 심장박동이 빨라졌다. 생각할수록 불길했고, 기분이 더러웠다.

엑스레이 촬영이 끝나고, 몸무게를 측정하기 위해 간호사들이 저울을 들고 병상을 돌기 시작했다. 몸무게를 재고 나면 밤새 더러워진 환자복도 갈아입히곤 했다. 내 차례가 되자 남자 간호사 두 명이 침대로 들어와 커튼을 쳤다. 예쁜 간호사와 담당 간호사도 뒤따라 들어왔다. 남자 간호사들이 나를 저울에 달고 나자, 예쁜 간호사는 그들에게 내 옷을 갈아입히라고 지시했다. 옆에는 여자인 담당 간호사가 있었음에도 굳이 남자 간호사들을 지정한 것이었다. 나는 그들 앞에서 생각지 못하게 알몸이 되어버렸다. 나도 나지만, 앳돼 보이는 한 남자 간호사의 얼굴이 새빨개져 있었다. 그는 고개를 푹 숙인 채 당황스러운 손놀림으로 자꾸만 실수를 했다.

어제까지는 분명 이렇지 않았다. 여자 간호사들이 커튼을 쳐서 침대를 모두 가리고는 환자복을 갈아입혀 주었다. 그러는 동안 남자 간호사들은 커튼 바깥에서 기다렸다가 남자 환자나 의식이 없는 여자 환자에게 투입이 되곤 했다. 나는 그게 당연한 거라고 생각했다. 내가 체중이 많이 나가는 것도 아니었고, 의식은 멀쩡한 상태였기 때문이다. 나는 그동안 내 환복을 여자 간호사들끼리 담당한 것이 배려였다는 것을, 당연하게 생각했던 그 배려가 사라진 지금에 와서야 깨닫게 되었다. 나는 과거에 존재했던 배려에 대해 고마워해야 할지, 현재의 상황에 분노를 느껴야 할지 혼란스러웠다. 생각에 잠겨 있는 나에게 예쁜 간호사가 다가왔다.

"환자분! 복대를 이렇게 풀고 계시면 어떻게 해요? 단단히 조이셔야죠."

예쁜 간호사는 느슨하게 풀어져 있는 복대를 갑작스럽게 힘껏 조였다. 그 바람에 나는 저도 모르게 비명을 질렀다.

"의사가 풀어도 된다고 했잖아요!"

"아, 의사가 그랬나요?"

예쁜 간호사는 깜짝 놀라는 척하며 되물었다. 그러고는 너무도 태연하게 나를 내려다보고 있었는데 그 눈빛은 기가 막히게도 빙글빙글 웃고 있었다. 그녀의 눈동자는 따뜻한 온기라고는 조금도 남은 것 같지 않은 짙은 잿빛이었다. 내 몸은 그 차가운 눈동자 아래에서 마치 물에 젖은 인형처럼 누워 있었다. 이런 몸으로 할 수 있는 건 아무것도 없었다. 내 몸이 원망스러웠다. 차라리 내 몸을 잠시라도 떠나봤으면 좋겠다는 생각을 했다. 눈을 감았다. 눈을 감은 채로 땀에 절어서 축축한 침대 시트를 떠나 하늘을 향해 조금 올라가 보았다. 생각했던 것보다는 힘겹지가 않아서 계속 그렇게 올라가 버릴까 하다가 그래도 뒤를 돌아서 살며시 눈을 떴다. 완전히 살아있지도 그렇다고 죽어 있지도 않은 내가 있었다. 그게 나라는 것을 인정하고 싶지 않았지만 나는 그런 식으로 존재하고 있었고 그걸 부정할 수는 없었다. 이미 많은 일들이 잘못되어 버렸고, 어쩌면 앞으로도 더 많이 잘못 될지도 모른다는 가능성까지 받아들여야만 했다. 지나간 일이 내 의지가 아니었던 것처럼 앞으로의 일 역시 나의 뜻과는 그다지 상관없는 것일지도 몰랐다. 내가 지키고자 했던 모든 것들을 당연히 지킬 수 있을 거라고 굳게 믿어온 순간들을 되짚어 보았다. 안타깝고도 어딘지 애처롭기도 한 그런 날들이었다.

다시 침대로 내려와 멍하니 천장을 보았다. 격자무늬의 하얀 천장은 중간중간에 우툴두툴한 돌기로 장식되어 있었다. 그 돌기를 가만히 바라보니 까맣게 잊고 있던 자그마한 물건이 문득 떠올랐다. 손끝에 만져지던 지압기의 매끄러운 돌기는 언제나 내 마음을 편안하게 했다. 편백나무 지압기. 언제 어디서나 애착 인형처럼 쥐고 다니던 물건이었다. 나는 그게 필요했다. 이곳에서도 그걸 갖고 있었어야 했다.

아침 회진과 면회는 동시에 이루어졌다. 보호자의 면회 시간은 하루에 한 번, 삼십 분이 전부였다. 남편은 내게 딸아이의 안부를 전했고, 담당 교수에게는 내 상태를 물었다. 담당 교수는 크게 달라진 것은 없다고 대답했다. 그가 다른 환자에게 넘어가자 나는 수척해진 남편의 손을 꼭 붙잡고 말했다.

"여보, 화장대 서랍에 있는 손 지압기 말이야. 그거 새 거 하나 뜯어서 갖다 줘."

"그건 왜?"

"가지고 있어야 마음 편해서 그래."

"여기 가져와도 될까?"

"그냥 지압기인데 뭐."

남편은 더 이상은 묻지 않았고, 곧 가져다주겠다고 했다. 그러고는 한동안 침대 옆에 가만히 서 있다가 면회 시간이 종료되어 중환자실을 나갔다.

오후가 되자, 내 침대 앞 데스크에는 단발머리 간호사가 앉았다. 단발머리 간호사는 어제의 일 따위는 모두 잊어버린 듯 쾌활한 표정으로 일을 시작했다. 먼저 나에

게 다가와 살가운 인사와 함께 편백나무 손 지압기를 건
냈다. 남편이 그새 맡기고 간 모양이었다. 그녀는 능숙
한 손놀림으로 내 침대 시트와 수액 줄을 정리하고는 아
직도 의식이 돌아오지 않은 옆 병상의 할아버지에게로
건너갔다. 대답 없는 할아버지에게 몇 마디 말을 건네
고, 욕창이 생기지 않도록 자세를 바꿔 주었다. 마지막
으로 건너편 병상의 할머니에게로 넘어갔다. 그녀는 누
워 있는 할머니의 침대를 일으켜 세우며 할머니에게 축
하 인사를 건넸다. 할머니는 오늘 중환자실을 떠나 일반
병실로 이동한다고 했다.

　나는 바쁘게 움직이는 간호사들을 지켜보며 손 지압
기를 만지작거렸다. 지압기의 돌기가 손끝에 닿으니 이
곳에 오기 전으로 되돌아 간 것 같은 기분이 들었다. 여
기에서 열심히 일하고 있는 간호사들과 의사들처럼 온
전히 사람 구실을 했을 때, 늘 쥐고 있던 물건이었다. 당
연했던 일상이 지금은 뭐 하나도 당연하지 않은 것이 되
어버렸다. 며칠째 음식은커녕 물 한 모금도 마시지 못한
것을 떠올렸다. 쇄골 옆에 뚫린 구멍으로 흘러 들어가는
우윳빛 영양제가 식음의 전부였다. 입안이 바짝 말라 있
었다. 가글이라도 해야 살 것 같았다. 테이블에 놓인 냉
수를 입에 머금었다가 빈 종이컵에 다시 뱉어냈다. 손에
힘이 없었던 탓에 종이컵이 미끄러져 떨어졌다. 가글한
물이 수술 부위를 덮은 거즈에 쏟아졌다. 단발머리 간호

사는 재빨리 달려와 오염된 물에 젖어버린 거즈를 떼어
냈다.

"상처 소독을 다시 해야 할 것 같아요."

그녀는 중얼거리며 어디론가 전화를 걸었다. 잠시 후,
담당 레지던트가 드레싱 카트를 끌고 중환자실로 들어
왔다. 의사가 왔는데도 단발머리 간호사는 데스크로 돌
아가지 않고 내 옆에 서 있었다. 레지던트는 짜증이 난
표정으로 말했다.

"가서 일 보세요."

그런데도 단발머리 간호사는 가지 않고 서 있다가 조
심스럽게 입을 열었다.

"선생님, 어제부터 환자분이 말하시는데요. 수술 부위
가 자꾸 욱신거린다고……."

"가서 일 보라고 했잖아요! 할 일 없어요?"

레지던트는 그녀의 말을 끊으며 화를 냈다. 그러자 어
디선가 예쁜 간호사의 날카로운 목소리가 들려왔다.

"야! 뭐해? 빨리 와서 여기 침대 시트 좀 갈아봐."

그러자 단발머리 간호사는 뭐라고 중얼거리며 옆 병
상으로 건너가 대변으로 오염된 침대 시트를 갈았고, 레
지던트는 평소처럼 빠른 손놀림으로 소독약을 발랐다.
나는 단발머리 간호사가 하려던 말이 뭐였을까 궁금해
서 레지던트에게 물었다.

"상처가 왜 이렇게 아프죠?"

"수술하면 원래 아파요."

그는 간단히 대답하고는 중환자실을 빠져나갔다. 레지던트가 사라지자 예쁜 간호사가 내 침대 앞 데스크로 왔다. 잔뜩 화난 표정의 예쁜 간호사가 다가오자 단발머리 간호사는 주눅이 들었다. 지켜보는 내 심장도 불안하게 뛰기 시작했다. 침대를 더듬어서 굴러다니던 손 지압기를 찾았다. 오랜 습관대로 손가락으로 꽉 눌러서 쥐었다.

예쁜 간호사는 익숙한 버릇처럼 단발머리 간호사의 가슴을 손끝으로 탁 밀었다.

"돼지 년! 의사가 가라는데도 왜 옆에 서서 깝치고 있어? 걔 좋아하냐?"

"환자분이 자꾸 상처가 욱신거리신다고 하셔서 자세히 봤는데 염증이 생긴 것 같더라고요. 소독약만 발라서는 안 될 것 같아서요."

"염증? 네가 의사야? 나대지 말고 네 할 일이나 하세요. 너 때문에 창피해 죽겠다. 네가 안 그만두면 내가 그만둬야겠지? 안 그래?"

숨 막히는 적막이 흘렀다. 아무리 들어도 익숙해지지 않는 모니터 경고음만이 겨우 그 침묵을 깼다.

당신들이 원하는 대로 내가 그만두겠다고. 민재는 유서에 그렇게 썼다.

나와의 인터뷰에서도 민재는 그만둔다는 표현을 여러 번 썼는데, 나는 그 의미가 세상을 등진다는 의미일 줄은 몰랐다. 자신을 못살게 구는 회사를 그만두고 다른 회사에 취직한다는 의미일 거라고 생각했다. 그러나 그 애가 느꼈을 괴로움의 깊이를 그 정도로 밖에 헤아리지 못했다고 하는 것은 내 양심의 편의를 위한 변명일지도 모른다.

그날, 발제를 하지 않은 이유는 하나였다. 민재가 다니는 유아용품 회사의 경영자가 편집국장의 친척이라는 사실. 이직한 지 얼마 되지도 않았는데 편집국장과 불편한 상황을 만들고 싶지 않았다. 광고성 기사까지 부탁받은 마당에 자칫 회사를 망하게 할 수도 있는 기사를 발제하겠다고 나서는 것은 아무래도 망설여졌다.

그래도 어떻게든 기사는 꼭 내려고 했다. 내가 못하면 다른 신문사에 있는 친구에게 넘기기라도 하려고 했다. 어쩌다 보니 그게 그날이 아니었을 뿐이다. 민재가 그렇게 갑자기 죽을 거라고는 전혀 예상하지 못했다. 내가 그 애에게 차마 이유를 말하지 못하고 내일 아침은 아니지만 빠른 시일 내에 꼭 기사를 내겠다고 약속한 뒤 전화를 끊었을 때, 동시에 그 애는 세상이 자기를 완전히 등졌다고 생각해 버릴 줄은 몰랐다. 자기를 도와줄 사람은 이제 아무도 없다고 생각할 줄은 몰랐다. 나는 그런 게 늘 하는 일이었지만 그 애한테는 자신의 온 존재가 걸린 일이었다.

한참 조용하던 옆 병상의 모니터에서 삐- 소리가 울렸
다. 뚜뚜 하는 다른 경고음과는 뭔가 달랐다. 할아버지
의 심장이 멈춘 것 같았다. 담당 간호사가 뛰어올라 심
폐소생술을 시작했고, 다른 간호사들은 약물을 투여했
다. 코드블루가 방송되자 달려온 의사들도 응급처치를
시작했다. 미동도 없이 누워 있던 할아버지는 계속해서
모여드는 사람들에 가려져 더 이상 내 눈에는 보이지 않
았다.

위급하게 돌아가던 분위기는 어느새 숙연함으로 바뀌
었다. 아무도 말해주지 않았지만 무슨 일이 일어났는지
알 수 있었다. 잠시 후, 할아버지의 침대는 할아버지를
싣고 중환자실을 떠났다. 죽음이라는 게 너무도 자연스
럽게 흘러가 버렸다. 어제도 있었던 일인 것 같고, 오늘
도 그랬고, 어쩌면 내일도 또 있을 일이라는 듯이. 이곳
에서 죽음이란 정말 흔한 해프닝이었고, 그 일이 여기
누워 있는 어느 누구에게 일어나도, 그게 하필이면 나라
고 해도 이상할 건 없었다.

바보 같은 눈물이 터졌다. 콧줄이 흔들리면서 목구멍
을 눌렀다. 구역질이 났다. 단발머리 간호사가 놀란 표
정으로 다가왔다. 나는 마치 독백처럼 죽는 게 두렵다고
중얼거렸다. 단발머리 간호사는 내 손을 꼭 잡고 말했

다. 이 모든 일들이 언젠가는 지나갈 거라고. 정말 힘겨운 고비는 이미 지나간 거라고.

나는 조금 진정이 되었다. 그러자 단발머리 간호사의 앞가슴에 푸른 색실로 수놓인 이름이 눈에 들어왔다. 지금껏 만나지 못했던 이름이었다. 그녀의 이름은 봄이었다. 이 봄. 나는 봄 간호사에게 남편을 좀 불러달라고 부탁했다. 시간이 얼마 지나지 않아 남편이 도착했다. 갑작스러운 호출에 남편은 놀란 표정이었다. 나는 남편의 귓가에 몇 마디를 했다. 남편은 고개를 끄덕이고는 중환자실을 나갔다.

회진 시간이 아닌데도 담당 교수가 나타나자 식사 준비로 부산하던 분위기가 순식간에 얼어붙었다. 담당 교수의 얼굴에는 피곤이 가득했다. 그의 뒤로 레지던트와 수간호사, 그리고 남편이 보였다. 레지던트는 언제나처럼 신경이 곤두서 있었는데, 평소보다 잔뜩 긴장한 듯 보였다. 수간호사의 표정은 굳다 못해 거의 인상을 쓰고 있었다. 사람들이 내 침대 주위로 모여들자 데스크에 앉아 있던 봄 간호사도 놀라서 엉거주춤 일어섰다.

담당 교수는 내게 꼭 해야 할 말이 뭐냐고 물었다. 나는 잠시 심호흡을 했다. 그리고 침대를 더듬어 편백나무 손 지압기를 찾아 쥐었다. 오톨도톨한 돌기에 손끝을 비볐다. 다른 것들보다 조금 더 튀어나온 돌기가 몇 개 있었다. 그중 하나를 꾹 눌렀다. 딸깍 소리가 났다. 손 지압기에서 말소리가 흘러나왔다.

돼지 년! 의사가 가라는데도 왜 옆에 서서 깝치고 있어? 개 좋아하냐?

환자분이 자꾸 상처가 욱신거리신다고 하셔서 자세히 봤는데 염증이 생긴 것 같더라고요. 소독약만 발라서는 안 될 것 같아서요.

뭐? 염증? 네가 의사야? 나대지 말고 네 할 일이나 하세요. 너 때문에 창피해 죽겠다. 네가 안 그만두면 내가 그만둬야겠지? 안 그래?

수간호사는 커다래진 눈으로 두리번거리다가 재빨리 간호사실로 들어가 예쁜 간호사를 데리고 나왔다. 예쁜 간호사가 나타나자 나는 녹음기의 재생 버튼을 다시 눌렀다. 예쁜 간호사는 씩씩거리며 외쳤다.

"환자분! 중환자실에 기계 가지고 들어오면 안되는 거 모르세요? 당장 끄세요!"

나는 당장 녹음기를 껐다. 그러고는 내가 이 공간에 들어 온 뒤로 보고 들고, 직접 겪은 것 몇 개를 사실 중심으로 말했다. 담당 교수는 한동안 말이 없다가 수술 부위에 덮인 거즈를 열어보았다. 그리고 상처를 자세히 들여다보더니 한숨을 푹 내쉬며 말했다.

"여기 시퍼렇게 곪았잖아. 어쩐지……."

담당 교수는 레지던트에게 상처 부위의 고름을 빼내라고 지시했다. 기계를 붙여서 고름을 빼내는 데만 하루이틀은 걸릴 모양이었다. 레지던트는 시뻘게진 얼굴로 기계를 가져와서는 지시대로 했다. 이번에는 꼼꼼하고 정성스러운 손길이었다.

중환자실에서 나온 내 침대는 일반병실로 향했다. 열도 거의 내렸고 상처는 잘 아물었다. 담당 교수가 말하기를, 염증이 며칠만 더 방치됐더라면 패혈증도 올 수 있었다고 했다. 그는 꼼꼼하게 살피지 못해서 미안하다는 말도 덧붙였다.

퇴원하기 전날, 봄 간호사가 병실로 찾아왔다. 그녀는 나를 보고 쑥스러운 듯 미소 지었다. 그리고 예쁜 간호사로부터 사과와 재발 방지 약속을 받았다는 말을 했다. 그러고도 예쁜 간호사는 지방의 분원으로 발령이 났다는 소식도 전해주었다.

봄 간호사는 예쁜 간호사를 그렇게 미워하지는 않는다고 말했다. 예쁜 간호사 역시 신규였을 때 재가 되도록 탔다는 이야기를 전해들은 적이 있다고 했다. 내 생각에도 어쩐지 그랬을 것 같았다. 창조주도 아닌데 무에서 유를 창조하기란 어려운 법이니까.

예쁜 간호사는 아마도 너무 많이 타버려서 하얗게 재

만 남은 사람이라는 생각이 들었다. 이제 그녀는 툭 건드려졌으니 허물어져 버릴 일만 남은 것일까. 어쩌면 우리는 다시 태어나기 위해서 때로는 허물어지는 수밖에 없는 것인지도 모른다. 문득, 재가 되어버린 자신의 몸에서 새로운 생명을 얻는다는 피닉스가 떠올랐다. 활활 타버린 잿더미에서 작은 벌레로 생겨나고 점차 자라다가 마침내는 날개가 돋아나 자신의 고향인 아라비아로 날아간다는 전설의 새 말이다. 아마도 그렇게 찾아간 아라비아는 향기로운 꽃이 피고, 투명한 물이 흐르고, 따뜻한 바람이 감싸는 곳일 것만 같았다. 봄 간호사는 마지막 인사처럼 나에게 고맙다는 말을 했다. 고마운 건 오히려 나였다. 봄 간호사에게 고맙고 또 미안했다. 나는 그녀에게 손 지압기를 건넸다. 그리고 보잘것없는 명함도 한 장 건넸다. 내가 그녀를 위해 할 수 있는 건 이 정도였다. 사실, 내가 그녀를 위해 뭘 했다기보다는 그녀의 일과 내 일을 구별할 수가 없어졌다는 게 더 맞았다.

다시 일상으로 돌아가면 노트북에 잠들어 있는 몇 개의 파일들을 꺼내야겠다고 생각했다. 그렇게 대단한 용기가 필요한 것도 아니었다. 나는 두 발로 걸어가서 병실의 블라인드를 걷었다. 유리창 너머에서 햇살이 비쳐왔다. 내내 우중충했던 하늘에 구름이 조금씩 걷히고 있었다.

　반복되는 일상에 젖어 있던 무렵이었습니다. 크리스마스이브에 영화 「라라랜드」를 보러 극장에 갔습니다. 배우를 꿈꾸는 주인공 미아가 실패와 좌절을 거치고 결국 꿈을 이루는 이야기였습니다. 미아가 마지막 오디션을 보는 장면이 기억이 납니다. 탈락이 익숙해진 미아는 오히려 담담한 표정으로 Audition(The Fools Who Dreams)을 부릅니다. 그 모습을 보며 어깨가 들썩거릴 정도로 울었던 것 같습니다. 그런 생각을 했습니다. 꿈만 꾸는 바보가 되더라도, 꿈을 꾸는 게 낫다고. 그 꿈이 결코 나를 망치지는 않을 거라고. 늘 꿈꿔왔지만 미뤄두었던 소설 쓰기를 시작했습니다.

　소설을 쓴다는 건, 저 자신을 다시 쓰는 일이었습니다. 컴퓨터 모니터를 마주하고 좌절하기를 수도 없이 했습니다. 가족들에게 미안한 마음이 들 때마다 소설을 계속 쓰는 게 맞는 건지도 고민했습니다. 그러던 중에 들려온 당선 소식은 저에게 소설을 계속 써도 된다는 첫 응답과도 같은 것이었습니다. 부족한 제 글에서 가능성을 봐 주시고, 또 소중한 기회를 주신 김선주 작가님께 진심으로 감사드립니다.

든든한 버팀목이 되어주시는 부모님과 어머님, 아버님의 배려 덕분에 제가 글을 쓸 수 있었습니다. 바쁜 와중에 내 소설까지 리뷰해주는 언니 고마워. 그리고 하느님께 받은 최고의 선물, 남편 딸 모두 사랑합니다.

고향 아라비아로 날아가는 전설의 새

　직장인들을 위한 신춘문예가 벌써 7회를 맞이했다. 그동안 많은 직장인들이 응모를 해서 기쁨과 함께 보람이 있었다. 이번 응모작도 좋은 작품들이 많아서 뿌듯했다. 예심을 거쳐서 본심에 올라온 작품이 10편이었다. 심사기준은 신선한 주제, 치밀한 구성, 정확한 문장, 격조 높은 묘사, 문학적인 형상화에 중점을 두었다. 심사숙고 끝에 3편의 작품을 뽑아서 거듭 세심하게 읽었다.

　「다시 아라비아로」는 직장의 비리를 알게 된 사람들이 불이익을 당하여 피해자가 되는 현실을 주제로 엮은 작품이다. 회사에서 폐기된 방사선 물질이 재사용된 것을 알게 된 여자가 온갖 핍박을 받다가 기자에게 회사의 부정을 고발한다. 하지만 제보를 받은 기자도 상부의 은근한 제재로 기사를 싣지 못한다. 공동체인 회사의 갑질은 한 개인에게 언제나 교묘하고 잔인하다. 온몸을 재가 되도록 태우고 나서야 다시 소생하여 고향인 아라비아로 날아간다는 피닉스의 전설에 비유해서 기자로서의 의지를 다짐하는 끝부분이 돋보인다. 소설을 이끌어가는 솜씨가 노련하고 구성이 뛰어나다.

「탬버린을 치다가」는 아파트 관리소장이 재계약을 앞두고 입주자 대표회의 회장과 동 대표들을 접대하는 노래방에서 탬버린을 치며 회한에 가득 찬 지난날을 회상하는 이야기이다. 포유류인 고래가 땅을 버리고 바다로 간 까닭은 땅의 속박을 벗어나고야 말겠다는 소망이었고, 내일 지구가 멸망한다 해도 한 그루의 사과나무를 심겠다는 희망으로 몸부림치는 직장인의 고뇌를 담담하게 그렸다.

「별이 지는 거리」는 부모가 이혼하고 어머니와 함께 직장인으로 살아가는 38상 여인의 심리상태를 차분하게 이끌어가고 있다. 마침내 결혼을 결심하기까지의 이야기를 속삭이듯 들려주고 있다. 우울증에 시달리는 그녀를 상담해주던 선생님의 사랑 가득 찬 삶을 스쳐 지나가듯이 묘사하면서 강한 모티브를 준 것이 인상적이지만, 좀 더 압축해서 빈틈없는 구성으로 작품을 형상화했으면 하는 아쉬움이 있다.

세 작품 중에서 작품의 완성도가 높은 백수연의 「다시 아라비아로」를 당선작으로 선정했다.

뜨거운 박수로 축하하며 앞으로 더욱 훌륭한 소설가로 발전하기를 바란다.

　　문학이란 우리의 정신세계를 깨치고 발전시키는 것이다. 인도의 지도자인 간디는 꿈을 이루려고 노력할 때만 꿈을 가졌다고 할 수 있다고 했다.

　　직장인들이여! 작가라는 값진 열매를 맺기 위해 꿈을 키우며 성실한 준비와 꾸준한 노력으로 목표를 이루시기 바란다.

　　― 심사위원 : 김선주 소설가

투명했던 그 이름

정희정

갓 단장한 자그마한 사무실 문 앞에 선다. 오늘은 근로계약서를 쓰는 날이다. 통장 사본과 신분증을 지참하라고 들었다. 도장은 찾아서 들고 왔지만, 통장을 미처 복사하지는 못했다. 그래도 사무실에 복사기 하나 없을까. 설마 밉보이지는 않겠지. 가벼운 긴장감을 주머니에 욱여넣었다. 초인종을 가볍게 한 번 누른다.

"오셨어요?"

사장이 친히 문을 열어준다. 사무실 중앙에 놓인 탁자에는 나와 함께 채용된 누군가가 앉아 있다. 안내해준 자리에 앉고서 나는 조심스럽게 통장 복사를 부탁한다. 대수롭지 않다는 듯이 통장을 가져간다. 기다리는 동안 약간의 고요함과 침묵이 사무실 안에 내려앉는다. 하얀 벽과 함께 파란색 큰 수납함이 눈에 들어온다. 내가 가장 좋아하는 색도 파랑. 푸르게 짙은 그 색 앞에서 나는 푸르게 넘실대던 바다를 기억해낸다.

제대로 걷지도 못하던 환자의 몸이었던 그때, 내가 남편과 머물던 곳도 푸른 바다 앞이었다. 나는 병원 응급실, 항암 병동, 이식 병동의 무균실을 차례로 거치고 나서야 집으로 돌아갈 수 있었다. 그러나 미세먼지 예보 앱에는 연일 해골 그림이 나타났다. 산책조차 할 수 없었기에 공기 맑은 바닷가 앞 작은 월세를 빌렸다. 넓지 않은 베란다 통창으로 바다는 커다란 풍경화처럼 걸려 있었다. 매일 아침 눈을 뜨면 새로운 바다가 넘실댔다. 햇살이 좋으면 얕은 바다에서부터 깊은 바다까지 다채로운 푸른빛으로 일렁였다. 병을 이겨야겠다고 마음을 먹다 보면 눈가에는 잠깐씩 물이 비쳤다. 바다는 옅은 하늘빛에서 짙은 파랑으로 깊어졌다.

　아프기 전, 내게도 일터가 있었다. 부서 문을 열고 들어서면 안쪽 창가에서 두 번째 자리가 내 책상이었다. 일에 몰두하다가도 창밖에 햇살이 내리면 그 빛을 받을 수 있었다. 나는 한때 환한 빛을 받으며 그곳에 있었다. 부서 조직도에 있었을 내 이름은 병원 입원실에, 그리고 집 우편함에 갇혔다. 항암을 하며 몸의 근육과 살도 잃었다. 내 이름은 투명해졌다. 보호자 없이는 밥 한 끼도 먹지 못했다. 차츰 목소리의 힘도 잃어가는 듯했다. 지난 시간이 밀물처럼 내게 밀려 들어왔다.

　"여기 계약서 양식인데 보시고 이상 있으시면 알려주

세요. 통장은 복사했습니다."

사장이 내 통장과 함께 계약서 서류를 내게 건네준다. 종이에 인쇄된 내 이름이 보인다. 병을 이겨내겠다고 울먹이고 뒤척였던 감정의 잔가지들이 계약서에 반듯하게 인쇄된 내 이름을 보자마자 썰물처럼 물러나간다. 통장을 가방에 넣은 후, 가방 깊숙한 곳에서 한동안 세상 빛을 보지 못했던 도장을 꺼낸다. 멋진 이름으로 나를 사로잡았던 이 물건도 벌써 열 살을 먹었다. 두 번째 손가락만 한 기다란 원통형 몸체는 투명해서 '크리스탈', 고무인은 인주나 잉크 패드 없이도 계속해서 만 년 찍을 수 있다고 '만년', 그래서 크리스탈 만년 도장이었다. 소재는 아크릴이겠지만 내 눈에는 크리스탈 보석처럼 빛나 보였다. 내가 한창 일하던 그 시기, 내가 좋아하는 일을 해서였을까. 내 인생이 영롱하게 빛나던 때였다.

교직이란 업은 도장 찍을 일이 참 많았다. 어떤 종이에든지 이 밑동을 지그시 누르면, 내 이름이 붉은 동그라미 안에 말끔하게 가두어져 나왔다. 시험지에, 답안지에, 각종 동의서나 확인서에 내 이름을 무수히 찍어냈다. '참 잘했어요'라고 말하는 듯한 붉은 동그라미 안에 내 책임감이 한 움큼씩 찍혀 나갔다.

오늘 여기서 이 도장을 찍으면 앞으로 적잖은 게 달라진다. 통장에는 회사의 이름으로 얼마간의 액수가 들어올 것이고, 내게 새로운 호칭이 생긴다. 계약서 안의 촘촘한 글자를 찬찬히 훑어나가는데, 이런, 집 주소가 틀렸다.

"여기, 제 주소가 아니네요."

잠시 나아갈 길이 막힌 도장을 탁자 위에 둔다. 마주 앉아 있는 채용 동기는 말이 없다. 한낮의 빛을 받아, 숨어 있던 흠집이 도장 표면에 무수한 실금으로 드러난다.

이 회사에서 채용 소식을 듣자마자 내가 한 일은 도장을 찾는 일이었다. 과거를 봉인한 듯이, 부서 책상 짐을 몰아넣은 상자 안에 이 물체는 얌전히 놓여 있었다. 잃어버리지 않았구나. 뚜껑을 열자, 흘러간 시간은 이미 도장의 한 귀퉁이를 허물어 놓은 뒤였다. 고무인 한쪽이 문대어지며 닳았는지 덜 잘려 나간 손톱 부스러기처럼 매달려 있었다. 꼭 검붉은 피딱지 같았다. 허물어진 건 내 몸도 마찬가지였다. 항암 이후 지금의 몸무게를 만들기까지 내 입술, 위, 장, 항문에 이르는 온몸의 점막은 헐리고 다시 만들어졌다.

예리한 칼날로 고무인 모서리의 부스러기를 살짝 잘라냈다. 다시 종이에 찍어봤다. 감쪽같았다. 항암 때문에 투명해졌던 내 머리칼과 속눈썹도 언제 그랬냐는 듯이, 지금은 감쪽같다. 푸른 바다가 시간을 들이며 나를 북돋아 준 덕택이다. 이제 내 몸은 제법 원래의 빛과 형태를 되찾아가고 있다.

"수정했습니다. 읽어보시고 여기 찍어주시면 됩니다."

사장이 내 앞에 계약서를 다시금 내어놓는다. 이제 찍을 일만 남았다. 아득한 옛날 옛적에 메소포타미아인들은 점토판을 이용해 자신의 표식을 찍었다고 한다. 도장(stamp)의 가장 첫 순간이다. 자기 표식을 그림으로 정하고 최초로 찍어 누른 그 누구의 마음이 지금 나와 같을까?

고명딸인 이 손주가 귀하다며 할아버지께서 손수 적지 않은 돈을 들여서 지어오셨다는 내 이름 석 자, 나는 내 표식으로서 기꺼이 이를 택한다. 푸른 바다가 시간을 들여서 되살린 이 몸으로, 살아있는 내 이름을 꾸욱ㅡ.

'(인)'이라는 글자 위로 붉은 이름이 순식간에 돋아난다. 피딱지가 앉은 후에 새로 돋아난 이름이다. 붉은 원 안에 오밀조밀하고도 균형 있게 자리한 내 표식이다. 이름을 찍는 행위는 '내 것'이라는 의미다. 소유는 곧 책임이다. 도장을 찍는 일은 곧 내 이름으로 행해질 모든 일에 대해 최선을 다하겠다는 각오다. 한동안 투명했던 내 이름이, 무쇠를 녹이는 짚불처럼 발그레하게 색을 얻어낸다. 내 이름은 만 년 중에 고작 열 살을 채웠을 뿐이다. 내 앞에는 아직 구천구백구십 년이라는 시간이 까마득하게 남아 있다. 최초의 도장 사용자였던 기원전 그 누구의 첫 마음을 잊지 않기로.

다시 시작이다. 마주 앉아 있던 채용 동기에게 처음 입을 뗀다. 가벼운 미소를 담아서 말한다.

"앞으로 잘 부탁드립니다."

내 이름 앞에 새로이 놓인 이 길이 반갑다. 새로운 길을 열어준 이 세상에도 인사를 해본다. 앞으로 잘 부탁해!

생사의 갈림길에 서 있었습니다. 다시 돌아온 날들은 제가 알던 일상이 아니었습니다. 잠시 제 이름은 세상 속에서 빠져나왔고 갈 길을 찾지 못했습니다. '글을 써야겠다.' 시작은 일기였습니다. 무척이나 사소한 일이었지만 그로부터 말미암아 제 목소리에는 점차 힘이 생겨나기 시작했습니다.

'드므'라는 이름으로 글을 써내고는 했습니다. 넓적하게 생긴 독이란 뜻의 순우리말로, 궁궐의 소방수(消防水)를 담아 두던 큰 독을 부르는 이름이기도 합니다. 화마(火魔)가 물에 비친 자신의 모습을 보고 놀라서 도망가기를 바라는 마음이 담겨있다고 합니다. 드므에 담긴 물을 바라보듯이, 저도 제 안에 담긴 마음을 부단히 들여다보기 위해 지었던 이름입니다. 글을 쓰면 쓸수록, 제 마음이 바로 세워졌습니다. 제 주변에서 어슬렁대는 것 같았던 화마는 서서히 모습을 감추고 있는 시간입니다.

드므라는 이름에 담긴 글은 제 시선의 방향도 바꿔나갔습니다.

세상의 그 어느 것이더라도 예사로 넘기지 않습니다. 무엇이든 배우고, 들여다보고 싶은 마음이 자꾸만 솟아납니다. 일상을 사는 일이 참 재미있습니다. 무엇을 쓰든, 그만큼 저도 삶을 새롭게 인식하게 됩니다. 처음의 그 마음, 잊지 않고 오래도록 쓰는 사람이 되겠습니다. 결이 살아있는 문장으로 여운이 남는 글을 짓고 싶습니다.

제 곁을 사랑으로 지키는 남편, 언제나 저를 응원하는 가족 모두, '너의 작업실' 식구들, 매거진 2W의 필진, 용산도서관 문학반 문우들을 비롯하여 지금의 저를 있게 해주신 모든 분께 진심으로 감사의 마음을 전합니다.

과장 없는 묘사와 안정된 문장력

수필은 그 맛을 느끼며 읽기는 쉬운 듯해도 작품으로 쓰기는 매우 어려운 문학장르이다. 수필이 수기나 일기, 고해성사에 머무를 수 없기에 수필 쓰기의 어려움은 가중된다. 자기고백적 서사 속에서 독자에게 진술하게 전달되는 마음의 풍경을 그려내야 하는 작업이 쉬울 리 없지 않은가. 더구나 투데이신문 직장인신춘문예 응모자들은 바쁜 직장업무를 하는 중에 머릿속에 떠오르거나 사로잡았을 글감을 흘려버릴세라 붙잡고 밤에 다시 책상에 앉아 천착의 시간을 보내며 풀어냈을 터였다. 그 노고를 생각하며 선자는 더 신중하게 응모작품들의 평가에 접근했다.

예심에서는 기본적인 문장력을 갖춘 작품 중에서 소재가 참신하고 의미가 전달되는 작품들이 뽑혔고, 본심에 올라온 9명의 작품은 우열을 가리기 힘든 저마다의 장점과 매력이 있는 가운데 단점도 공존했다.

당선작인 정희정의 「투명했던 그 이름」은 병마를 이겨내고 다시 직장을 얻어 사회로 복귀한 여성이 전에 쓰던 도장을 사용하면서 존재를 찾는 과정을 그려냈다. 도장이라는 상징물의 도입 기법도 좋았고, 투병과정과 새로운 삶의 의지를 편안하고 격이 있는 문장으로 잘 풀어냈다. 함께 보낸 「차의 향을 닮다」도 진실한 인간적 교류에 대해서 차향처럼 잔잔하게 묘사하면서 사유의 과제를 전달하는 데 성공했다. 전반적으로 과장 없는 묘사와 안정된 문장력이 작가의 내공을 보여주었다. 담담하게 스며드는 진정성이 장점이지만, 사유를 끌고 나가는 힘이나 문장이 자칫 나약함으로 빠질 수 있는 위험이 보였다. 그 점을 경계한다면 향기를 머금은 좋은 수필을 쓸 수 있는 가능성이 보여서 당선작으로 뽑았다.

마지막까지 겨누었던 작품으로는 어진봉의 「봄날 꽃 아래 살기를」을 꼽을 수 있다. 죽음과 삶이 혼재하는 병원에서 일하며 현재를 아름답게 살고 싶다는 소망이 잘 표현됐다. 수필을 쓸 수 있는 산문적인 문장력이 돋보이고 사유의 깊이는 확보했지만 너무 흔한 진실의 장면과 교훈으로 마무리한 점이 아쉬웠다.

박수현의 작품 「파일명이 없습니다」도 힘이 있고 매력적인 문장이 돋보였다. 가장의 죽음 이후 젊은 아내와 아들이 맞이한 삶을 감상적이지 않으면서 차분하게 그려내서 공감을 주었다. 그러나 작품의 중간 이후에 내용과 사유가 미처 녹아들지 못한 애매한 문장이 길게 이어진 점이 감점요인이 됐다. 산뜻한 의식과 문장력이 장점이니 수필이란 산문문학의 특성에 맞게 좀 더 풀어쓰기를 연마하면 개성적인 작품을 쓸 수 있을 것이다.

본심에 올라온 작품 중 고려진, 민병식 두 응모자의 작품도 좋았음을 밝혀둔다. 당선자를 포함해 위에 언급한 응모자들은 모두 기본적인 문학적 소양을 갖추었다. 조금 더 인간과 현상에 대해 신선하고 심도 깊은 시선과 감성으로 받아들이고 심상을 가다듬는 시간을 거쳐 좋은 수필 작가로 태어나길 기대해마지 않는다.

— **심사위원** : 오은주 소설가

2023년
제8회 투데이신문 직장인신춘문예
당선작

시 부문 당선
김가림(본명 김원옥)
경남 창원 출생.
경희사이버대학교 대학원 미디어문예
창작과 석사 졸업.
사무원.

소설 부문 당선
송서은
전북 출생.
숙명여대 영문과, 동대학원 영어교육
졸업.
영어교사.

수필 부문 당선
어진봉
서울 출생.
동국대학교 영어영문학과 졸업 및
동 대학원 예술경영학 석사 졸업.
가톨릭중앙의료원 홍보팀 근무.

다양한 직업군의 세심한 글쓰기

시 92명 252편, 단편소설 73명 79편, 수필 54명 107편. 예년보다 좀 줄기는 했지만 이만하면 상당한 관심이다. 응모한 분들의 직업은 더 다양해진 듯하다. 교사, 대학교 강사, 구성작가, 프리랜서, 도서관 사서, 연구원, 한국어 강사, 기자, 장학사, 유아시설 근무자, 공무원 등 비교적 글쓰기와 친숙한 직업군이 다수였다. 그 외 부동산중개사, 기업체 임원, 비정규직 노동자, 은행원, 약사, 간호사, 군인, 해외파견 근로자, 물리치료사, 건강검진 상담자, 심리상담사, 사회복지사, 요양보호사, 건축사, 보조출연배우 등 다채로운 직업군이었는데 그 중에는 '이런 직업까지?'로 호기심을 일게 하는 직종도 있었다. 정규적인 곳이건 그렇지 않건 지역 곳곳의 일터에서 시간을 쪼개 글쓰기에 몰두하는 분들을 지켜보려는 직장인신춘문예의 기본 취지가 현실에서 실현되고 있는 듯해서 뿌듯하다.

심사는 예년대로 예심과 본심으로 나누어 진행했다.

예심은 이 행사를 주관하는 한국문화콘텐츠21의 운영 위원인 문학인들이 주로 맡았다(시 : 김흥기·최대순 시인, 단편소설 : 김현숙·오은주 소설가, 수필 : 김경·배석봉 소설가). 본심은 박덕규 시인·문학평론가, 윤대녕 소설가, 김선주 소설가가 각각 시·단편소설·수필 부문을 맡아 수고했다. 예심 과정부터 전반적으로 높아진 수준을 확인했고, 본심에서는 최종 당선작을 가리는 과정에 고심이 이어지기도 했다.

　시 부문의 최종에서 거론된 작품은 「순환선」 외, 「마술사의 모자」 외, 「수탉에 관한 오해」 외, 「플라나리아」 외, 「비행 착각」 외, 「독」 외 등이었다. 일정한 수준에 올라 있다는 평을 받았는데 시 한 편 한 편 내적인 통일성을 유지하는 힘이 부족했다는 아쉬움도 지적되었다. 당선작은 「독」 외 2편이다. 경쟁이 된 다른 작품에 비해 「독」은 가독성이라는 면에서 장점을 지녔다. 수십 년째 빈 그대로인 채 이사 갈 때마다 따라 옮겨진 독에서 '발효와 숙성'으로 '맛과 향이 더 깊어지는' 과정을 읽는 시적 전개가 아담했다.

　취업, 거주, 가족 등 동시대 화두가 되는 문제를 많이 다룬 단편소설 부문의 최종에는 「도심 속 산행」(이민영), 「구두」(조성희), 「천도(薦度)」(송서은) 등 3편이 다퉜다. 직장(비정규직), 거주(반지하), 결혼(동거)의 문제를 두루 응시하고 있는 「천도」를 당선작으로 정했다. 후반부를 급하게 마무리했다는 평을 받았지만 "피하지 않고 현실을 직시하겠다는 작가의 결연한 태도와 삶의 이면을 구석구석 들춰내는 예리한 시선"이 독자를 설득하는 요소로 작용한 점을 높이 샀다. '감정이 거세된 주체의 거리화된 시선'을 유지했다는 데서도 신뢰를 얻었다.

　수필 부문은 「최고의 사랑」(어진봉), 「개기월식」(박신호), 「바람을 박제하다」(김현철), 「낙엽, 글을 만나다」(최호열) 등이 최종에서 겨뤘다. 이 중에서 7년 동안 세 번의 유산과 한 번의 사산을 겪은 고통을 재즈 연주를 통해서 표현한 「최고의 사랑」이 당선작이 되었다. 20세기 대표적인 재즈 연주가 존 콜트레인의 연주 〈최고의 사랑〉에서의 '혼돈과 무질서'로부터 자신의 아픔과 불안의 시간을 떠올리면서 그것이 바로 '최고의 사랑'으로 가는 과정임을 이해하는 내면의 움직임을 촘촘한 필치로 이어간 점을 평가했다.

　당선한 세 분에게 축하의 박수를 보낸다. 몇 차례 시도 끝에 마침내 당선작을 얻은 응모자가 있었으니, 이번에 아쉬운 결과를 얻은 분들도 결코 실망하지 않았으면 한다. 제8회에 이른 직장인신춘문예는 올해 (사)한국사

보협회(회장 김홍기), (사)한국문인협회 소설분과(회장 김선주)가 공동주최하고 한국문화콘텐츠21이 주관해 지난 1월 1일부터 31일까지 작품을 접수해 2월 28일 심사를 완료했다.

　— 심사위원회

독

김가림

발코니 한쪽, 결혼할 때 가져온 독 몇 개 놓여 있다
수십 년째 비워두고는
첫해에 간장을 한 번 담갔고 김장김치를 한 번 담갔고
대봉감을 한번 담아뒀다 홍시 만들었던 게 전부인 빈 독
쓰지도 않으면서 왜 여태 버리지 못하고
이사 갈 때마다 데리고 다니는 걸까

아직도
뚜껑을 열 때 놀라움과 낭패감이 순식간에 교차한다
그것이 무엇이든 저 안에서는
발효와 숙성이라는 질서가 이끌어 나가는 작은 세상
이 있다고
독 저만의 세계를 펼쳐 나가는
바깥세상과 다른 공기가 흐를 거라고 생각하면서

김치독 뚜껑을 열면
칼칼하고 톡 쏘는 향기들이
서로 먼저 쏟아져 나오려고 아우성이다

오월 새우젓 맛인가 하면 까나리액젓 맛이 감돌고
꿀배 맛인가 하면 배추 단맛이 목젖을 녹녹하게 한다
잡힐 듯 잡히지 않는, 하나인 듯 하나가 아닌
각자의 파동으로 몸부림치는 달뜬 도가니

배어나온다는 것과 스며든다는 것은 극과 극일까
무언가가 스며든 만큼 조금씩 배어난다
몸은 야위고 맛과 향은 더 깊어진다
너에게 혹은 나에게 스며들면서 배어나면서 익어간다
짧은 겨울 햇살이 독을 비추고 있다

스쳐간 바람과 이슬에게도

며칠째 흐리고 연이틀 비가 내리던 날, 문우와 함께 지하철 타고 가는 길에 핸드폰 진동이 길게 울렸습니다. 당선 소식이었습니다. 한참 동안 서 있는 곳이 지상인지 구름 속인지 분간이 안됐습니다. 우리는 내려야 할 장소를 한참 지나서 되돌아오기를 반복했습니다.

문학의 길이 결코 쉽지는 않았습니다. 중간에 생업에 열중하느라 작품에 집중하지 못한 점 있었으나, 이 길을 의심해 본 적은 없었습니다. 詩와 함께 할 수 있어서 제 삶은 무채색에서 유채색으로 변했습니다. 문장 하나에 나의 生과 뿌리를 담으면서 한 편의 詩가 완성되었을 때, 모든 시름이 사라졌습니다. 희미하던 삶의 빛깔이 작품처럼 조금씩 익어가는 듯했습니다. 고통조차 아름다워지는 순간도 맛보았습니다.

먼저 부족한 제 작품을 읽어주시고 눈여겨봐 주신 심사위원님들께 고개 숙여 감사의 말씀 드립니다. 저는 가야 할 길이 아직 멀다는 거 잘 알고 있습니다. 그 길을 환히 밝혀 주시고, 낮은 목소리에도 귀 기울여주신 심사 위원님께 감사의 말씀 올립니다. 그 열의를 높이 사는 마음으로 글 쓰는 그날까지 초심의 자세에서 쓰겠습니다.

학문의 길에서 만난 사람들은 물론 스쳐간 바람과 이슬에게도 감사한 마음입니다. 제가 여기까지 올 수 있었던 데는 나의 의지도 있었겠지만, 주변에 맑은 분들이 많이 계셨기 때문이라 생각합니다. 가을장마와 텃밭의 고구마 줄기도 제게 많은 영감을 주었습니다.

늦은 나이에 시작한 학업을 계속할 수 있도록 보잘것 없는 문장 하나에도 열성으로 북돋아주신 분이 계십니다. 경희사이버대학교 문화창조대학원 미디어문예창작학과 김기택 교수님과 이문재 교수님께 깊은 감사의 말씀 올립니다. 체계적인 창작방법으로 섬세하게 지도해주심은 물론 올바른 詩 정신을 정립할 수 있게 본보기가 되어 주셨습니다. 저는 오래전에 이 땅에서 아직도 詩가 빛날 수 있는 이유를 두 스승님한테서 찾았습니다.

노도문학회를 이끌어주시고, 지치거나 느슨해질 때마다 끝까지 전진할 수 있도록 독려해주신 박형권 시인님께 깊은 감사 말씀 올립니다. 동문수학하는 이채율 님 큰 힘이 되었습니다. 고맙습니다.

그리고 저의 시창작의 동기가 되어주신 맑은 영혼의 소유자들 시창회원님들과 새울음나무회원, 수다예찬회 원님들과 저희 가족과 詩를 사랑하는 모든 사람들과 함 께 이 기쁨을 나누고 싶습니다.

몸은 야위고 맛과 향은 더 깊어지는 가치

92인이 투고한 252편에 대한 예심을 거쳐 올라온 작품을 또 한 번 거르고 나니 「순환선」 외, 「마술사의 모자」 외, 「수탉에 관한 오해」 외, 「플라나리아」 외, 「비행 착각」 외, 「독」 외 등 6인의 응모작이 남았다. 시를 위해서는 다채로운 언어가 필요하다는 점, 직설의 언어도 시적 언어가 될 수 있다는 점, 대상을 비유하는 데서 시적 상상이 펼쳐진다는 점 등을 잘 이해하고 있었다. 반면에 자신의 언어가 일관된 시적 형상을 구축하는 기능을 제대로 이행하지 못하는 예가 적지 않았다.

「순환선」은 언어의 화려함이 있으나 수식하는 말들이 대상을 압도하는 약점이 두드러졌다. 「마술사의 모자」는 우화 상황의 재미가 좋았으나 현실과 상상을 대비하는 상황에 지나친 이분법이 끼어들었다. 「수탉에 관한 오해」는 기대에 어긋난 일상의 안타까움을 드러내는 친숙함이 있으나 언어에 탄력이 유지되지 않았다. 「플라나리아」는 이미지의 명징함이 두드러졌으나 형상에 내재되는 의미가 모호했다. 「비행 착각」은 현실과 비현실의 경계를 넘나드는 상상력이 재미있었으나 그것을 주제화하는 힘이 부족했다.

「독」은 대상을 드러내는 언어가 과하지도 부족하지도 않았다. 수십 년째 빈 그대로 두고 있는 독들을 보면서 그 독이 품어온 "발효와 숙성이라는 질서"를 짐작하는 차분함이 시적 정황을 맞춤하게 구축했다. 한때 독 안에 들어 있었던 내용물로부터 "몸은 야위고 맛과 향은 더 깊어"지는 가치를 드러내 시적 형상이 지향하는 바를 짐작하게 했다. 동어반복이나 소재가 나열되는 순서 문제 등 아쉬움이 있지만 당선작으로 손색이 없다. 동봉한 다른 2편도 일정한 수준을 유지하고 있다.

「독」 외 2편을 당선작으로 정한다. 축하드린다. 아쉽게 선외로 밀려난 분들도 대상과 언어의 관계를 숙고한다면 다음 기회에 좋은 결과를 얻으리라 본다.

— **심사위원** : 박덕규 시인, 문학평론가

천도(薦度)

송서은

　퇴근길 진혁의 손에는 검은 비닐봉지가 들려 있었다. 진혁보다 두 시간 먼저 퇴근한 나는 줄곧 시계를 확인하며 TV 앞에 앉아 있다. 그는 옷도 갈아입지 않은 채 봉지에서 꺼낸 소시지를 전자레인지에 넣고 소주 뚜껑을 돌려 땄다. 집 앞 편의점 맥주 할인 행사가 끝났나 보다.

　- 애새끼들, 말도 참 못 알아 처먹어요.

　불똥이 튈까 TV 볼륨을 조금 줄였다. 소주잔을 내려놓으며 찡그리는 진혁의 얼굴을 보면서 나는 서른이라는 나이에 비해 너무 찌들어 있다는 생각을 했다.

　- 그런 새끼들한테 돈을 처바르고 있는 부모들도 아무튼 참 불쌍해.

　그 불쌍한 부모들 덕분에 우리 같은 강사들이 그나마 입에 풀칠은 하고 사는 거야. 평소처럼 그의 퇴근 시간에 맞춰 미리 방으로 들어오지 않았던 이유는 '망자의 날' 때문이다. 그가 오기 전 채널을 돌리다 우연히 보게 된 EBS 세계기행에서는 중남미 최대 축제라는 망자의 날이 방송되고 있었다. 지구 반대편 사람들이 만들어낸 죽음과 축제라는 모순된 조합이 나는 그저 궁금했다. 유령을 닮은 모습으로 한껏 치장하고 죽은 이가 생전에 좋아했던 꽃과 음식을 준비해서 망자를 맞이한다는 축제에서 살아남은 자들의 비통과 쓸쓸함은 느껴지지 않았다.

─ 부원장이 별말 안했어? 쳇, 수강생 늘 때는 모른 척하더니 조금 줄었다고 고통분담? 아주 벼룩의 간을 빼 잡수시지.

부원장은 원장의 부인으로 초등부 영어와 학원 살림을 맡고 있다. 요 며칠 초등부 수업이 끝나고도 퇴근하지 않고 강사실에 들어오더니 잘못 나온 프린트를 부산스럽게 정리하며 줄어드는 학생 수 이야기를 꺼내곤 했었다. 역시나 밑밥을 까는 중이었나 보다. 나는 중학생 전담이고 특히 타격을 입은 건 고등부라 했으니 그 분담에서 제외해 주는 것일까? 그럴 리가! 분담할 것도 없는 처지가 이번만큼은 다행스럽다.

─ 이제 더 바짝 졸라매야겠어.

터져 나오는 실소를 겨우 참아냈다. 여기서 어떻게 더 졸라맨다는 건지, 아주 목을 졸라매라. 하지만 그는 이미 답을 알고 있다. 맥주 대신 소주, 안주는 소시지.

학원 강사가 되기 전 나는 3년 동안 노량진에서 임용고사를 준비했다. 하지만 1차 시험에서만 세 번 탈락 후 결국 시험을 포기했다. 학원에서 준비한 최종 합격생들의 수기를 들으며 포기를 굳혔다. 내가 한다고 될 만한 시험이 아니구나. 얼마 전까지 나와 다를 바 없었을 합격생들은 몇 자리 남지 않은 구명정에 몸을 싣고 침몰하는 배를 향해 외쳤다. 포기하지 마세요. 동트기 전이 가장 어둡다잖아요. 젠장, 얼마나 어두워야 아침이 오는 걸까?

지방대 영어교육과를 나온 학벌로 서울에서는 한 달짜리 기간제 교사 자리를 구하기도 힘들었다. 포기가 너무 늦었구나 싶었다. 나는 사교육 시장으로 방향을 돌렸다. 그래 봤자 동네 보습학원 수준이었지만 역시 변변찮은 학벌로 서울에서는 초등강사 자리도 구하기 힘들었다. 원장들은 내 지원서를 보고 뻔히 지역 이름을 달고 있는데도 ○○대학이 어디에 있는 학교냐고 묻곤 했다. 그런 질문을 받고 나면 시강을 하는 내내 존재를 의심하는 질문들이 머릿속을 들 쑤셔댔다. 매일같이 지하철 노선표를 확인하며 강사 구인 게시판을 뒤진 끝에 이제는 구도시가 된 신도시의 끝자락에 위치한 보습학원에서 파트 자리를 구할 수 있었다. 노량진역에서 지하철로 두 시간 가까이 걸리는 거리였다.

사대보험도 보너스도 없었다. 계약서도 물론 쓰지 않

았다. 부원장은 교육청에 신고하면 나중에 경력으로 인정받을 수 있을 거라고 했다. 그 대신 내야 하는 세금이 3.3%였다. 나는 납세를 거부하는 대신 근로자로서의 권리도 포기했다. 어차피 보호받은 적 없는 삶이었다.

영어교육과에 가겠다고 했을 때 고3 담임은 대놓고 한숨을 지었었다. 수업 때 실수로라도 손을 든 적 한 번 없었던 내가 교사가 되겠다니 그럴 만도 했다. 하지만 담임이 몰랐던 것이 있었다. 나는 원래 또래보다 어린 친구들과 더 잘 지냈다. 그리고 외국어가 차라리 편했다. 학원에서 맡은 반은 중학생 기초반이었는데 전담 강사의 정규 수업을 따라가기 힘든 아이들을 위한 보충수업인 셈이었다. 한 달에 한번 치르는 학원 자체 시험을 통과하지 못하는 학생들에게 부원장은 지금 공부 안 하면 나중에 쟤들 바닥 깔아 주는 인생이야, 하며 겁을 주었다. 무섭도록 신랄한 농담을 들으면서도 웃고 있는 아이들이 나는 귀여웠다. 두려움이 없으면 저렇게 천진한 걸까? 아무것도 아닌 것에도 키득거리는 중학생들을 보며 나는 지은이를 떠올렸다. 지은이도 저렇게 웃었었지. 주말에도 할 일이 없어 보충수업도 따라가지 못하는 아이들을 불러 보충의 보충수업을 자원했다. 말이 수업이지 사실은 아이들과 노는 것이었는데 학부모들은 간식까지 싸 보내며 좋아했다. 그 덕분인지 하위권 수강생들이 늘자 보충수업 외에도 정규수업을 나눠 받을 수 있었다.

　최저시급에 가까웠지만 다달이 나오는 월급을 모아 오백만 원이 만들어졌을 때 나는 학원에서 두 역 떨어진 주택가 부동산을 찾아갔다. 처음 찾아간 깔끔한 사무실에는 젊은 남자가 앉아 있어 주저하다 끝내 문을 열지 못했다. 결국 들어간 곳은 작고 허름한 부동산이었다. 복덕방 주인이 더 어울릴 것 같은 인상의 사장은 보증금은 얼마나 마련할 수 있느냐 묻더니 내 대답을 듣고는 얼굴을 찌푸렸다. 그래도 오랜만의 일거리를 놓치고 싶지 않은지 그는 몇 군데 전화를 해보고 나서 두세 군데 빈집을 볼 수 있겠다며 나를 주택가 골목으로 데려갔다.

　첫 번째 집은 슈퍼마켓 주인이 창고를 개조해 만든 지하원룸이었다. 하늘색 철문을 열자 다짜고짜 아래로 향한 길고 가파른 계단이 나왔다. 난간도 없는 계단을 아슬아슬하게 내려가자 구석에 슈퍼 물건인 것 같은 음료수와 상자가 쌓여 있었다. 계약하면 이런 건 치워줄 테니 걱정 마시고. 계단 맞은편에 세워진 조립식 벽 구석에 현관문으로 보이는 문이 하나 있었다. 사장을 따라 문을 열고 들어가 보니 한 칸짜리 싱크대와 화장실, 큰 방이 하나씩 있었는데 방 벽 도배지가 군데군데 주름져 있었고 무언가를 가리기 위한 것처럼 눈에 띄게 하얀 도배지가 덧발라져 있었다. 화장실 문을 열자 묵은 냄새에 눈이 시렸다. 사장이 황급히 환풍기를 켰고 나는 말없이 계단을 올라왔다.

싸고 좋은 집은 없어, 싸고 좁은 집이지. 인터넷에서 읽은 농담이 떠올랐다. 노량진 고시원에서 나오고 싶었던 것은 방이 좁아서가 아니었다. 삼수를 시작하며 나는 노량진에서도 가장 싼 고시원으로 거처를 옮겼다. 보증금 없이 한 달에 27만 원 남녀공용 고시원이 그 당시 부모님이 나를 위해 해줄 수 있는 최선의 뒷바라지였고, 졸업한 지 3년이 되어가면서 그조차도 죄송스러울 뿐이었다.

어쩌다 휴대폰 진동이라도 한번 울리면 바로 벽이 말을 걸어왔다. 저기요. 무음으로 좀 해주세요. 내가 지냈던 구석방은 침대를 벽에 걸어두지 않아도 되는 대신 한쪽 벽의 모양이 반듯하지 않았다. 괜찮을 줄 알았는데 살아보니 그 모난 벽이 점점 더 거슬렸다. 고심 끝에 8절지 종이로 삐뚤어진 벽을 감춰보려 했지만 찬 습기 때문인지 테이프가 자꾸 떨어졌다. 어느 날 퇴근을 하고 바닥에 널브러져 있는 종이를 보며 나는 더 이상 참을 수 없었다. 네모난 방. 그것이 내가 고시원을 나온 이유였다.

지하에서 올라와 골목으로 조금 더 내려가 두 번째 집을 보았다. 반지하 원룸. 사장은 첫 번째 지하실을 의식해서인지 반지하의 '반'을 강조했다. 비율상 벽에서 지나치게 위에 위치했다 싶었지만 방범창도 있었다. 이쪽 창문이 통로 쪽은 아니라서 사생활은 걱정 안 해도 돼. 첫 번째 집보다 월세가 두 배 비쌌지만 그 네모난 방이 마음에 들었다. 이전 세입자도 내가 계약했는데 여기 계약 끝나고 땅 위로 이사 갔어. 이 집이 복 있는 집이야. 나는 그 말이 믿고 싶었다.

고시원을 나오며 수험서도 묶음으로 팔았다. 깔끔하게 필기된 전공책 몇 권은 따로 챙겨두려다가 묵은 짐이 생각보다 많아서 책을 사러 온 앳된 학생에게 선물로 줘버렸다. 어차피 다시 그 책들을 펼쳐볼 일도 없을 것 같았다. 부동산에 들러 잔금을 치른 후 디지털 키와 번호 변경 설명서를 받아들고 새집의 문을 열었다.

그날 나를 반겨준 것은 첫 방문 때는 보지 못했던 벌레들이었다. 시골에서 자라서 웬만한 벌레는 두려울 것이 없었는데 바퀴벌레는 도저히 적응이 안 되는 것 중에 하나였다. 한 달간 빈집에서 주인 노릇을 하던 바퀴벌레는 집을 비워야 하는 자기들 신세를 받아들이지 못하고 이곳저곳을 마음대로 누비고 있었다. 보이는 대로 밟고 때려잡아도 소용없었다. 도망가며 알까지 까는 놈들의 생명력에 나는 결국 두 손을 들었다. 그래, 같이 살자. 말은 그렇게 하면서도 인터넷으로 초강력 바퀴벌레 약을 주문했다. 그리고 그날 밤 벌레들과의 전쟁 탓인지, 지하철로 이사를 한 탓인지 눕자마자 몸이 먼저 잠들었다. 그런 날이면 어김없이 가위에 눌린다.

모로 누운 몸은 한 덩어리의 석고 반죽이 된다. 반죽이 말라가면서 몸도 굳어간다. 지겨우리만큼 익숙한 느낌, 그런데 이번에는 뚫린 구멍 속으로 벌레들이 들어온다. 눈, 코, 귀, 입 그리고 은밀한 그곳으로 벌레들이 앞다투어 자리를 튼다. 가까스로 가위에서 풀려나 불을 켰을 때 놀란 바퀴벌레들이 소리 없이 흩어지며 제 몸을 숨기기 바빴다. 그날 이후 나는 잘 때도 불을 끌 수 없었다.

일 년 전 그날은 수도권 전 지역에 걸쳐 호우주의보가 내려졌는데 정말이지 하늘을 보니 무슨 일이라도 벌어질 기세였다. 수학강사의 경고가 떠올랐다. 며칠 전 휴게실에서 부원장이 사 온 김밥을 저녁으로 먹을 때, 얼굴만 알던 고등부 강사가 어디 사냐고 묻기에 00역 근처에 산다고 말했더니 옆에서 듣고 있던 그가 거기 어디요? 라며 아는 척을 했다. 하나은행 쪽이라고 대답하니 혹시 에코빌? 놀라는 나에게 그는 혹시 B층이면 침수 조심하세요. 거기 지대가 많이 낮아요. 모르는 남자들 앞에서 발가벗겨진 느낌이었다. 나의 어떤 부분이 하고 많은 건물 중에 하필 에코빌 지하를 떠올리게 했을까? 뒷목이 뜨거워졌다. 섬유유연제를 써도 지하의 눅눅함은 어쩔 수 없나 싶었다.

퇴근길에 시작된 호우의 기세는 대단했다. 침수 조심.

나는 빌라 입구 현관문이 닫혀 있는지 확인했다. 폭우를 막기에 유리문은 더 없이 약해 보였다. 빗줄기가 무섭게 작은 창문을 두드려대니 머리를 두들겨 맞는 것 같았다. 나는 마지막 남은 수면제를 털어 넣고 겨우 잠이 들었다. 그리고 또 반죽 속에 갇혔다. 마를 때까지 조금만 참아요. 반죽이 마르면서 몸은 점점 굳어갔다. 움직이면 처음부터 다시 해야 합니다. 손가락 하나만 구부리게 해주세요. 하지만 눈썹 한 올까지 두꺼운 반죽 속에 묻혀 있다. 일어나요. 강 선생, 눈 떠봐요. 안 돼요. 지금은 움직이면 안 돼요. 진혁이 내 어깨를 움켜쥐고 막무가내로 흔들었을 때 나는 이미 축축하게 젖은 이불에서 죽은 듯이 자고 있었다.

그날 진혁이 막차를 타고 퇴근을 하고 있을 때 이미 우산은 쓰나마나였다고 했다. 골목 계곡을 타고 내려오는 물줄기를 보니 에코빌에 산다는 영어 선생이 생각났다고 했다. 자기 스타일도 아닌데 그날만큼은 그냥 지나칠 수 없었다고. 잠깐 얘기해본 게 전부지만 노량진, 반지하, 보습학원. 어둡고 축축한 곳만 찾아다니는 자기와 닮은 그 여자를 그냥 지나칠 수 없었단다. 역시나 빗물은 에코빌 지하로 흘러가고 있었고 계단을 내려가자 물은 이미 발목까지 차올랐단다. 분명 창문에서 빛은 새어 나오는데 빗소리보다 크게 문을 두드려도 소용이 없어 혹시나 하며 비밀번호를 눌러봤다는 진혁. 뭐야. 여태

번호도 안 바꾼 거야?

그의 집에서 그날 밤을 뜬눈으로 보냈다. 진혁의 집역시 반지하였지만 언덕에 위치한 덕에 침수는 면한 듯했다. 날이 새고 비가 멈추자 정신이 차려졌다. 빗물을 내보내야 했다. 쓸 만한 건 추리고 나머지는 버릴 생각에 마음이 바빴다. 식탁인지 컴퓨터 책상인지에 엎드려 자는 그를 깨우지 않기 위해 나는 소리를 죽였지만 젖은 운동화에 발을 넣고 현관문 손잡이를 잡았을 때 그가 뒤에서 물었다.

– 강 선생님, 0.5 플러스 0.5가 몇이죠?

내가 머뭇거리자 그가 더 틈을 주지 않고 대답했다.

– 1이잖아요. 나도 반지하, 강 선생도 반지하인데 둘이 합쳐야 땅 위로 올라갈 수 있지 않겠어요. 같이 삽시다.

진혁의 제안이 그리 불쾌하지 않던 것은 내가 다닌 지방 대학가에서 순전히 실용의 목적 때문에 같이 사는 남녀를 보아왔던 이유일 것이다. 남의 눈치만 보고 살기에 어차피 너무 초라했고 원하는 삶을 살기에는 너무 가난했다. 다시 그 바퀴벌레 소굴로 돌아가느니 차라리 모르는 남자와 함께하는 삶이 낫겠다 싶었다. 그의 도움으로 집주인에게서 보증금도 받아냈다. 1년 전 진혁에게 호되게 당했던지라 내가 그와 함께 나타나자 집주인은 별말 없이 보증금을 입금해 주기로 약속했다. 돌려받은 보증금에 약간의 모아놓은 돈, 그의 돈을 합쳐 에코빌에서 멀지 않은 이곳 휴먼빌 2층 투룸으로 함께 들어왔다.

진혁은 비합리적이었던 자신의 성장과정을 보상받으려는 듯 매사에 지나치리만큼 합리성을 잣대로 들이밀었다. 우선 자신이 더 많이 부담한 보증금만큼 방 선택과 월세 부담에서 보상받으려 했다. 나도 기꺼이 받아들였다. 진혁과 나는 필요한 만큼 함께 하고 그 외에는 철저하게 타인처럼 지냈다. 필요한 부분에는 공과금과 공동 생활비뿐 아니라 동침도 포함되어 있었다. 그것은 언젠가부터 매주 금요일 밤으로 합의되었는데 보통의 남녀들과는 달리 진혁과 나에게 그것은 알코올이 허락하는 배출과 그에 따른 안도의 순간일 뿐이었다. 욕구가 채워지면 그는 곯아떨어졌고 나는 몸을 씻었다. 그리고 그날은 불을 켜지 않고 잘 수 있었다. 나는 금요일 밤을 내어주고 다른 밤들을 지켜냈다. 그는 그것을 자신이 더 지불한 보증금에 대한 권리로 여기는지 금요일이 아니라면 그 주가 지나기 전 언제라도 꼭 행사하려 들었다.

– 피임은 철저히 합시다. 행여나 임신이라도 하게 되면 그거야말로 재난 아닙니까?

나도 동의했다. 진혁이 아니라 그 누구와도 내 것을 포함한 유전자의 조합을 만들어내고 싶지 않았으니까. 나 하나만으로도 이미 버거운 삶이었다. 그 다음 말이 아니었다면 그 말이 두 남녀 사이의 첫날밤 후의 일이든 아니든 정말 아무 상관없었을 것이다.

　- 그리고 임신은 여자 몸에서 벌어지는 일이니까 비용은 강 선생이 알아서 해요!

　더럽게 합리적인 새끼.

　진혁과 동거를 시작한 지 한 달 후 나는 일 년짜리 적금을 들었다. 한 달에 백만 원씩 불입하는 정기적금이었다. 만기가 되면 실용성으로 점철된 이 합리적인 생활도 청산할 수 있으리라. 진혁의 돈 계산은 거의 집착에 가까웠는데 특히 수학을 전공했다는 사람의 저축액은 도무지 합리적이지 않았다. 그는 나와 살기 시작하며 정기적금과 자유적금으로 나눠 월급의 80프로를 저금한다고 했다. 고등부 전담이고 3년 경력이긴 해도 작은 동네 학원강사 월급이라 봤자 뻔했다. 게다가 진혁은 키워주신 할머니에게 매달 용돈도 보내야 했다. 그래서 그게 과연 가능하냐는 나의 표정을 보고는 그는 침을 튀기며 설명했다.

　- 대학 동기 녀석 중에 잘 풀린 놈이 하나 있거든. 빽인지 운인지, 암튼 졸업하자마자 대기업에 들어간 놈인데 얼마 전에 동기들 모임에 한번 가봤더니 얼마나 유세를 부리던지. 외제차를 샀네, 하와이에 갔다 왔네. 그 새끼가 사는 밥 아니었다면 중간에 나와 버렸을 거야. 그래서 내가 너 그렇게 잘 버니 돈 좀 모았겠다. 한 달에

저축은 얼마나 하냐고 물었더니 그 자식이 뭐랜 줄 알아? 저축은커녕 카드 값 내느라 죽겠다는 거야. 연봉이 많으면 뭐하냐고, 나보다 못 모으는데. 결국 내가 이긴 거 아니야?

그의 계산에서 친구가 누리는 사람다운 삶은 빠져 있었다. 그에게는 그저 한 달에 얼마씩 남길 수 있는지만이 중요했다. 그래서인지 예기치 못한 일이 생겨 저축액을 못 채우면 그는 그것을 실패로 여겼다. 나는 나대로 실패자의 화풀이를 당하지 않기 위해 최대한 협조했다. 당연히 여성용품은 공동 생활비에 포함시키지 않았고, 그가 싫어한다는 우유도 내 돈으로 따로 구입했다. 내가 아직 열지 않은 우유가 뜯어져 줄어 있어도 참아냈다. 저런 인간과 공간을 공유하고 한번씩 욕구를 교환한다는 수치심이 밀려올 때는 적금 만기일을 떠올렸다. 이제 얼마 남지 않았다.

금요일 수업을 마치고 나는 고속버스터미널로 갔다. 간발의 차로 일반석 막차를 놓쳐 심야 프리미엄을 타야 했다. 일반버스보다 버스비가 훨씬 비쌌다. 그래, 4년 만에 가는 고향길이라면 금의환향은 아니라도 우등은 타야지. 널찍한 좌석에 앉아 진혁에게 시골집에 다녀오겠다는 문자를 보냈다. 그것은 같이 사는 사람에 대한 예의 같은 것이 아니었다.

– 이씨, 오늘 금요일인 거 몰라?

– 일요일에 올라갈게요.

그것은 채무자의 변명 같은 것이었다.

며칠 전 출근길에 엄마로부터 전화를 받았다. 엄마는 조심스럽게 물었다. 지금 통화 가능하니? 나는 더럭 겁이 났다. 사람들이 이런 말을 물으면 나는 괜스레 두려워진다. 얘기 좀 할 수 있어? 통화 가능하세요? 괜찮다고 하는데도 엄마는 자꾸 망설였다. 그러더니 다음 주 목요일이 무슨 날인지 아냐고 물었다.

– 목요일?

– 지은이 그날.

한 번도 지은이 그날에 엄마가 전화한 적은 없었는데 엄마의 망설이는 말소리를 들으니 집에 한번은 가봐야겠다는 생각이 들었다. 버스가 출발한 지 10분쯤 지나자 눈이 감겼다. 멀미약 때문이었다. 어릴 적에는 멀미 때문에 버스를 타는 것이 무서웠다. 지금도 버스는 20분 이상 타기 힘들다. 서울에 와서 가장 좋은 점이 지하철을 탈 수 있다는 것이었다. 지하철을 타면 이상하게 마음이 놓였다. 뭐 하나 예측할 수 없는 세상에서 유일하게 예상되는 시간과 경로. 지하철을 타면 나는 멀미 없이 움직일 수 있었다.

택시를 타고 자정이 넘어서야 고향집에 도착했다. 엄마는 놀랐다. 아빠는 수면제를 먹고 힘들게 잠이 들었다며 목소리를 낮추었다. 내일 올지 알았는데 왜 이 늦은 시간에 왔냐며 엄마는 급하게 가스 불을 켰다.

– 오늘이 금요일이잖아.

진혁은 아직도 씩씩대고 있을까? 전화라도 주지 그랬냐고 나무라며 데워준 미역국에 찬밥을 말며 나는 엄마에게 이유를 물었다. 엄마는 내가 집에 오지 않는 이유를 안다. 내가 대학에 다닐 때 없는 형편에 방학 때까지 기숙사비를 내주며 집을 찾지 않는 딸을 원망하지 않았다. 그런 엄마가 전화로는 하기 힘든 말이 있다며 나를 이곳으로 부른 것이다.

– 늦었으니 내일 밝을 때 얘기하자.

– 엄마, 버스에서 내내 잤거든.

– 멀미약 먹었구나. 집이라도 잠자리 바뀌면 힘든데 좀 참아보지.

엄마는 무슨 말을 하려고 저렇게 의미 없는 말들을 앞세우는 걸까?

– 몇 달 전에 방죽에 사람이 빠져죽었어. 시내 사는 사람 아들인데 취직 앞두고 엄마 보러 다니러 왔다가 사고를 당했대. 술 먹었으면 곱게 들어가 잠이나 잘 것이지.

엄마는 예의 긴 한숨을 토해내며 힘겹게 말을 이었다.

– 그 집 엄마도 아들 객사에 정신 놓고 살다가 영하다는 데서 굿을 했다는데, 점쟁이 말이 자살한 원귀가 발목을 잡은 거라고.

나는 숟가락을 놓았다. 국에 떠 있는 미역들이 고인 저수지를 덮고 있는 이끼처럼 느껴졌다.

그날 지은이와 나는 연생지라고 불리는 방죽에 있었다. 긴 장마가 끝난 무렵이라 비는 오지 않았지만 하늘은 여전히 잔뜩 물기를 머금고 있었다. 버스에서 내리니 지은이가 나를 기다리고 있었다. 집에 가기 싫다. 언니, 우리 조금만 놀다가 가자. 비를 맞고 더 커져버린 연잎들이 이불처럼 방죽을 덮고 있어 물수제비를 뜰 수 없었다. 우리는 물가 벤치에 앉았다. 무슨 일 있어? 지은이는 아무 말이 없이 우두커니 방죽만 바라보고 있었다. 가을은 멀었지만 연꽃은 이미 열매를 맺었다. 연잎들 사이에서 삐죽 솟아 있는 몇 송이 연밥을 보니 어릴 때 먹던 연밥 맛이 기억났다. 알을 까놓은 벌집같이 생긴 연밥은 보기에는 징그러워도 열매는 고소하고 은근한 게 여린 밤 맛과 비슷하다. 연밥 먹고 싶다. 그렇게라도 해서 지은이의 닫힌 입을 열고 싶었다. 언니 내가 연밥 따줄까? 아냐 그냥 해본 말이야. 언니 내가 따줄게. 잘하면 닿을 것 같아. 생기 있는 지은이의 모습이 좋아서 나는 더 말리지 못했다. 그러지 마, 우산으로 하면 될 텐데, 맞다. 정류장에 놓고 왔네. 지은아 잠깐 기다려.

지은이는 언니 같은 동생이었다. 두 살 어리지만 나보다 키도 크고 덩치도 컸다. 말이 느리고 낯가림이 심한 탓에 친구들과 어울리기 힘든 나를 데리고 다니며 어린 친구들을 만들어 주기도 했다. 고등학생이 되면서 나는 지은이를 기다렸다. 세상에 모든 자매들이 그렇듯 우리 사이에도 비밀이 생겼고 그 비밀은 나보다는 지은이의 것이었다. 나는 지은이가 '언니 나 힘들어' 말해주기를 바랬다. 부쩍 말수가 줄고 시든 연꽃 같은 낯빛을 하고서도 지은이는 나를 찾지 않았다. 아무런 도움이 못되는 언니지만 '언니한테 털어놓으니 좀 낫네.' 한번만 그렇게 말해주기를 바랬었다.

내가 우산을 찾아 돌아왔을 때, 지은이는 그곳에 없었다. 기다리다 먼저 갔나 싶었는데 벤치에 지은이의 가방이 그대로 있었다. 다음날 아침 경찰은 수색 끝에 지은이를 연생지에서 건져냈다. 지은이의 발목에는 억샌 수초가 감겨 있었고 손에는 지푸라기 대신 연밥 줄기가 쥐어져 있었다.

– 고모가 아는 보살님도 지은이가 하늘로 못간 것 같다고. 너 자꾸 시험에 떨어진 것도 그렇고 아빠 귓병도.

– 아빠 아직도 그래?

– 이명증이 그렇다더라. 좋아지는 것 같다가도 조금만 신경 쓰고 피곤하면 다시 울린다고. 병원에서는 고칠 생각 말고 적응해서 살아가야 하는 거라는데, 그거야 의사들 말이고.

아빠는 몇 년 전부터 귀에서 이상한 소리가 들린다고

했다. 처음엔 윙윙거리는 소리였다가 점점 삐삐 소리로
바뀌는 통에 밤새 잠을 이루지 못한다고 했다. 아빠 같
은 사람이 시키지 않아도 이비인후과에 한의원까지 다
닌다는 엄마 걱정에 내가 불면증에 좋다는 베개와 귀마
개를 사서 보내기도 했다. 택배를 받고 아빠는 괜한 소
리를 했다며 엄마를 탓했고 나도 더 이상 신경을 쓰지
못했었다.

　- 엄마는?

　- 나야 뭐. 고모한테 그 말을 들어서인지 요 며칠 생전
꿈에 한번 안 보이던 애가 자꾸 나오네. 아빠는 괜히 너
걱정한다고 말하지 말라 했는데….

　지은이가 죽고 동네에서 흉흉한 말들이 만들어졌다.
방죽을 떠돌던 처녀귀신이 예쁜 지은이를 보고 발목을
잡아당겼다는 말은 차라리 낭만적이었다. 지은이가 임
신을 해서 괴로워하다 스스로 저수지에 몸을 던진 거라
고 말하는 사람도, 예쁜 동생을 질투해 내가 지은이를
저수지에 밀었다는 말을 하는 사람도 있었다. 경찰은 지
은이의 일기장과 학교 친구들의 말을 근거로 지은이의
죽음을 자살로 결론지었다. 물론 가족 중 누구도 그 말
을 믿지 않았지만 나는 차마 지은이가 내가 먹고 싶다는
연밥을 따려다 빠진 거라는 말을 할 수는 없었다.

　아침 일찍 고모가 찾아왔다. 평생을 독신으로 살았던

고모는 조카들을 자식처럼 여겼다. 지은이의 장례식장에서 실신한 엄마를 대신해 곡을 하고 일처리를 해준 것도 고모였다. 그날 이후 고모는 나를 볼 때마다 한숨을 내뱉으며 눈시울을 붉힌다. 맞아, 고모. 지은이 대신 내가 갔어야 했어요.

  – 지금이라도 지은이 혼 달래줘야지. 보살님 말이 지은이 묏자리에 물도 찬 것 같다고. 물에 빠진 애를 그런 곳에 묻어놨으니 쯧쯧. 그때 나라도 정신을 차려서 제대로 했어야 했는데, 그 어린 것을 축축한 곳에 눕혀놓고 구천을 떠돌게 했으니.

  엄마는 지은이를 뜨거운 불구덩이에 넣을 수 없다며 선산에 묻었다. 한식날 우리를 데리고 제사를 지낼 때마다 아빠가 저긴 엄마 아빠 자리라고 말하던 그 자리에 지금 지은이가 누워 있다.

  – 이번 참에 제대로 천도해주자. 그 보살님이 오랫동안 영가천도 지낸 분이야. 이번 지은이 기일에 맞춰서 하자고. 이번엔 나라도 나서서 해야겠어.

  고모와 보살이라는 여자의 말을 믿은 것은 아니었다. 고모의 말을 들으며 얼마 전에 본 시사프로그램 속 사기꾼 점쟁이들이 떠올랐다. 영가천도, 영혼결혼식, 타살굿. 이름과 수법은 다르지만 결국 살아남은 자들의 약점을 이용해 먹는 기생충들이었다.

  – 지은이 그렇게 된 지 벌써 14년이잖아. 풀어야 할

한이 얼마나 많겠니.

고모는 내 눈치를 보며 천도재 비용을 말해주었다. 나는 그것이 엄마가 나를 부른 이유임을 알고 있다. 적금까지는 한 달이 남아 있다. 지난주 나는 학원에서 멀지 않은 다세대 주택가에서 집을 보고 왔다. 또 다시 반지하 방이었지만 이번엔 지대도 높고 창문도 꽤 컸다. 침수는 괜찮냐는 내 물음에 중개인은 지난 5년 동안 침수 피해 한번 없었다고 자신 있게 답했다. 마침 비어 있으니 언제라도 이사할 수 있다는 말에 덜컥 계약금도 보냈다.

고모가 돌아가고 나는 혼자서 집을 나왔다. 걷다 보니 도착한 곳은 연생지였다. 그 일이 있고 처음 일이다. 언젠가 한번은 와봐야겠다고 생각했는데 10년이 넘게 걸렸다. 얼마 전에 있었던 실족사고 때문인지 방죽 둘레에 출입금지 경고판이 세워져 있었다. 그날처럼 연생지는 무성한 연잎들에 덮여 있었다. 지은이는 그날 나에게 무슨 말이 하고 싶었던 것일까? 이제는 낚시꾼도 찾지 않는 방죽에 술 취한 청년은 왜 서성내고 있었을까? 정말 지은이가 그를 부른 걸까?

천도재는 살아 있는 자들을 위한 것이다. 살아남은 것이 미안한 사람들이 자발적으로 호구가 되어 비싼 값을 치르고 값싼 위로를 받는다. 시험은 내 실력이 모자라서 떨어진 거야, 엄마. 아빠한테 미안하지만 이명증은 흔해

빠졌어. 나는 그렇게 말하지 못했다. 말하고 나면 진혁과 똑같은 사람이 되어 버릴 것만 같았다.

결국 혀끝을 맴도는 어떤 말도 내뱉지 못한 채 하루 일찍 휴먼빌로 돌아왔다. 그리고 진혁과 마주 앉아 낯선 사람과도 할 수 있는 말들로 술병을 비웠다. 마지막 잔을 기울이고 우리는 자신을 위로하듯 서로의 몸을 달랬다. 진혁은 여느 때처럼 곯아 떨어졌다. 하지만 잠들기 전 그의 말 한마디가 나를 잠시 그의 옆에 붙잡아 놓았다. 없으니까 허전하더라.

방으로 돌아와 불을 끄고 누우며 나는 생각했다. 날이 밝으면 엄마에게 전화를 해야겠다. 이제 지은이를 하늘로 보내주자고.

벌써 20년 전의 일입니다. 학점을 채우기 위해 수강했던 교양 강의에서 소설가인 교수님께 "필력은 좀 있구만"이라는 평가를 듣고 저는 꽤나 우쭐했었습니다. 아마도 학생들을 격려하기 위한 형식적인 멘트였을 텐데 저에게는 특별한 의미로 다가와서 그 이후 마치 작가가 된 것처럼 맺지도 못한 이야기들로 일기장 수십 장을 채워 나갔었습니다.

하지만 그뿐이었죠. 계속 글을 쓰기에는 스스로의 재능에 대한 믿음도 글 쓰는 삶에 대한 확신도 없었습니다. 글을 써서 무언가가 되기에는 그 길이 너무 험난해 보였고 가진 능력은 보잘것없었습니다. 그 후로 저는 영어교사가 되었고 일하는 엄마로 주부로 정말 열심히 살았습니다. 하루하루 주어진 역할을 수행하며 사는 것이 진정 쓸모 있는 삶이라고 믿으면서요.

그러다 팬데믹을 겪으며 제 몸과 마음은 지쳐갔습니다. 비대면 수업과 거리두기 등 달라진 일상에 적응하기 위해 애쓴 만큼 에너지는 고갈되었습니다. 고심 끝에 저만큼이나 지쳐 있던 가족을 위해 휴직을 결심했는데 저는 그 시간을 온전히 아이들을 위해서만 쓰고 싶지는 않았습니다. 제 남은 인생을 위한 또 하나의 의미를 찾고 싶었습니다. 실용성과 효용성 따위는 잊고 시간과 에너지를 '낭비'해 보고 싶었습니다.

그렇게 다시 글을 읽고 쓰기 시작했습니다. 아이들을 재우고 눈을 비비며 펜을 들고 키보드를 두드렸습니다. 잠을 줄이고 인간관계를 소홀히 하며 내 안의 이야기에 온 마음을 기울였습니다. 저에게 없어진 줄 알았던 몰입과 집중에 누구보다 저 자신이 놀랐습니다. 누구나 가슴에 하나쯤 품고 있다는 이야기가 정말 저에게도 있었습니다. 글을 써서 무언가가 '되기 위함'이 아닌 그저 '쓰는 삶'을 살고 싶다는 소망도 생겼습니다.

그러다 보니 이렇게 과분한 선물을 받았습니다. 부족한 글에서 가능성을 발견해주신 심사위원님들 정말 감사드립니다. 제가 받아도 되는 상인지 모르겠지만 부디 누가 되지 않도록 앞으로 더 열심히 쓰겠습니다.

구슬을 꿰어 목걸이를 만들 듯 흩어져있는 생각들로 이야기를 짓는 법을 가르쳐주신 한겨레교육문화센터 아동문학 작가교실 선생님들과 플롯강화 서유미 선생님께 감사드립니다. 부족한 글에 고견을 주는 글벗들, 함께 쓸 수 있어 진심으로 행복합니다. 그리고 항상 버팀목이 되어주는 가족들 감사합니다. 특히 옆에서 묵묵히 도와주고 지지해준 고마운 남편 박기현 씨와 저를 유일하게

교만하게 만드는 보석 같은 딸, 은재와 은송 진심으로
사랑합니다.

현실을 직시하는 결연함과 삶의 구석을 들추는 예리함

올해 직장인신춘문예에는 85편의 소설이 응모되었고, 예심을 거쳐 본심에 회부된 작품은 모두 6편이었다. 예심 결과를 공유하기 위해 회동한 자리에서 두 분의 예심 심사위원은 먼저 이야기체를 구성하기 위해 전제조건이 되는 문장의 안정감을 두고 얘기했다. 문장이 불안정한 작품을 일차적으로 제외할 수밖에 없었다는 의미였다. 더불어 응모작들의 전체적인 경향에 대한 언급이 있었는데 취업, 거주, 가족 등 동시대 화두가 되는 문제들을 다룬 작품들이 대다수를 차지하고 있음을 피력했다. 이는 현실과 삶의 연동관계 속에서 비롯된 갈등을 다루는 장르가 다름 아닌 소설임을 떠올릴 때 필연적인 현상이라 하겠다.

본심에서 다루어진 6편의 소설 중에서 선자가 주목한 작품은 이민영 씨의 「도심 속 산행」, 조성희 씨의 「구두」, 송서은 씨의 「천도(薦度)」 이상 세 편이었다. 이들 작품은 문장의 안정감을 포함해 구체적인 인물형을 등장시켜 이야기의 기본적인 짜임새를 확보하고 있다. 이런 조건이 충족되어야만 비로소 이야기가 독자에게 전달되는 것이다.

아래에 세 편의 소설에 대한 소감을 적는다.

이민영 씨의 「도심 속 산행」은 코로나 시대를 배경으로 생활용품을 제조하는 회사에 근무하는 서른다섯 살의 'L'을 주인공으로 등장시켜 이야기를 진행하고 있다. 원룸에 혼자 거주하는 주인공은 코로나 펜데믹 상황에서 초래된 단절감과 외로움을 극복하기 위해 저녁마다 산행을 한다. 그러던 어느 날 산에서 '마스크 낀 여자'를 만나 관심을 갖게 된다. 그런데 결혼정보회사를 통해 만난 여자, 식당에서 만난 여자, 택시에서 만난 여자 등이 연속적으로 등장하면서 중반부부터 이야기가 산만하게 변하고 있다. 작가의 의도는 이들 중에 누가 '마스크를 낀 여자인가?'라는 코로나 시대의 익명성을 드러내고자 한 것 같다. 그러나 등장인물들의 태도가 개연성이란 측면에서 실감을 주지 못하고 한결같이 떠도는 듯한 인상을 준다. 때문에 짜임새가 느슨하게 변하며 긴장감을 잃고 있다.

조성희 씨의 「구두」는 구조적으로 단단하고 능숙한 서술이 돋보인다. 270일 전 '사업 실패와 그로 인해 생긴 빚' 때문에 가족에게 부담을 주지 않기 위해 뚝섬유원지에 '구두'를 벗어놓고 사라진 아버지. 아버지의 사체를 찾지 못하는 상황에서 남은 가족은 장례식을 치르고 봉안당에 구두를 넣어둔다. 인쇄소에 근무하고 있는 주인공이자 화자인 '나'는 그런 상황을 납득하기가 힘들다. 그런 자의식이 '손목의 가려움증'으로 나타난다. 하지만 어학원에서 청소부로 일하는 어머니는 단호하게 상속(빚)을 포기하고 남편의 실종을 죽음으로 처리해 버린다. 남은 가족은 어쨌든 살아가야 하기 때문이다. 이 소설에서 의미심장한 대목을 들자면 뒤늦게 아버지의 사체가 발견되었을 때 '나'조차도 '안도감'을 느낀다는 것이다. 그런데 바로 여기서 '기시감'이란 단어가 떠올랐다. 이미 많은 소설들에서 클리셰처럼 사용된 장치이기 때문이다. 이는 죽음을 처리하는 방식이 지나치게 단순하고 안이한 인상을 준다는 의미이기도 하다. 잃어버린 반려견을 찾기 위해 인쇄물을 제작하는 인물까지 등장시켜 전체적으로는 나무랄 데 없는 구성을 보여주고 있으나, 바로 그 '기시감' 때문에 작품의 빛이 바랜 느낌을 주었다.

송서은 씨의 「천도(薦度)」는 직장(비정규직), 거주(반지하), 결혼(동거)의 문제들을 두루 응시하고 있는 작품이다. 지방대 출신으로 임용고시에 거듭 실패해 보습학원에서 영어강사를 하고 있는 서른 살의 '나'는 내면에 깊은 트라우마를 안은 채 살아가고 있다. 14년 전, 그러니까 열여섯 살 때 두 살 터울인 동생이 '나'에게 '연밥'을 따준다며 연못에 들어갔다가 그만 빠져죽은 일이 있었던 것이다. 이를 지금껏 누구에게도 사실대로 말하지 못하고 사는 '나'는 내적 기반이 불안정해 매순간 삶이 버겁고 관계에 있어서도 수동적이다. 반지하 원룸이 침수되면서 이날 '나'를 구해준 진혁과 '실용적인 동거'를 시작한 나는 '독립'을 꿈꾸며 매달 적금을 붓고 있다. 그러다 어머니의 부름으로 사년 만에 고향으로 가는 버스에 몸을 싣는다. 가족들은 임용고시에 매번 낙방하는 나와 아버지의 지병인 귓병이 동생 지은의 죽음 때문이라 생각하며 이참에 천도재를 지내고자 한다. '천도재는 살아 있는 자들을 위한 것이다'라는 서술에 주인공의 복잡하고 비통한 심경이 담겨 있다. 천도재가 끝나고 진혁과 동거하는 원룸으로 돌아온 '나'는 기나긴 고통의 사슬에서 놓여나리라는 희미한 예감을 받는다. 이는 언젠가 독립적 존재로 거듭나리라는 예감과도 연결된다.

이 소설은 짜임새 면에서 보면 후반부가 다소 급히 마무리된 느낌을 준다. 그러나 피하지 않고 현실을 직시하겠다는 작가의 결연한 태도와 삶의 이면을 구석구석 들춰내는 예리한 시선이 독자를 설득하는 요소로 작용하고 있다. 또한 '감정이 거세된 주체의 거리화된 시선'으로 담담하게 서술되었기에 울림이 오래 남는다. 조성희 씨의 「구두」와 함께 놓고 한참을 고민하다 선자는 송서은 씨의 「천도(薦度)」를 당선작으로 결정했다. 다음 작품에 대한 기대를 포함한 결정이었다. 당선자에게 축하의 말을 전한다.

 — **심사위원** : 윤대녕 소설가

최고의 사랑

어진봉

"오랫동안 숨어 있었던 존 콜트레인의 연주를 발견했대!"

재즈를 좋아하는 친구가 어느 날 조금 격앙된 목소리로 말했다. 20세기 대표적인 재즈 연주자, 재즈의 성인(聖人)이라 불리는 존 콜트레인. 그가 연주한 〈최고의 사랑〉 시애틀 공연 실황이 담긴 귀한 음원을 발견했다는 것이었다. 존 콜트레인이 죽기 전, 그의 마지막 음악 세계를 대표하는 〈최고의 사랑〉은 그가 남긴 최고의 명반이며 재즈 역사상 가장 위대한 앨범으로 평가받고 있었다. 나는 궁금해졌다.

"그렇게 대단한 음악이야? 나도 들어보고 싶어."

친구는 당장 음악을 들어볼 수 있는 링크를 찾아서 보

내주었다. 그날 나는 회사 구내식당에서 서둘러 점심식사를 마친 후 건물 뒤편 산책길로 들어갔다. 붉어진 나뭇잎들 사이로 가을이 막 시작된 산책로를 따라 걸어가며 친구가 보내준 존 콜트레인의 음악을 들었다. 재즈라고 하면 빌리 홀리데이, 사라 본, 노라 존스 정도만 알고 있던 내게 존 콜트레인의 연주는 충격이었다. 그 충격이란 것이 사실은 '이것도 음악이란 말인가?' 라는 혼란과 '무엇이 최고의 사랑이란 말인가?' 라는 의문이었다. 그날 오후 친구에게 나는 솔직한 감상평을 전했다.

"내 기준, 불협화음. 음악이라기보다 각자 자기 파트 연습하고 있는 합주실을 녹음해 놓은 것 같아. 진지하게 물어보고 싶어. 너는 정말 이 음악이 좋아?"

친구는 웃음을 터트렸다. 낯설어서 듣기 어려울 것이라며, 재즈를 듣는 순서가 있다고 설명해 주었다. 처음엔 익숙하고 대중적인 재즈를 듣다가 그중 마음에 드는 음악가를 선택해서 디스코그라피를 찾아보고, 그 시대 비슷한 스타일의 다른 연주자들도 들어보면서 단계를 밟아가야 한다고 했다. 한 음악가의 음악 세계가 변해가는 걸 따라 들어보는 것도 재미가 있으며, 덧붙여 존 콜트레인의 〈최고의 사랑〉은 영적인 절대의 경지를 음악에 담았다고 말해주었다. 무아, 해탈, 구원의 경지에 이르는 여정을 표현했다고.

놀라웠다. 내가 생각하는 음악은 질서였다. 혼자서 존
재하던 각각의 음계들을 하나로 모으고, 번호를 붙이고
순서를 정해 화음을 맞추고, 일정한 리듬을 부여해 박자
를 만드는 것, 다른 악기들과 조화를 이루어 하모니를
이루는 것, 마치 무질서한 자연계에 질서를 부여하는 작
업과 같이. 그렇게 질서정연해진 음의 세계가 아름다움
을 주고 감동을 주었다. 그런데 존 콜트레인의 음악은
전혀 그렇지 않았다. 나의 기준에선 규칙과 질서가 없었
고 다른 악기들과의 조화도 없었다. 당연히 어떤 감흥이
나 감동도 주지 못했다. 나는 무질서한 음악에 의미를
부여한 사람들이 대단하게 느껴졌다. 아무 생각 없이 들
으면 아무것도 아닌 것이고, 의미를 찾으려고 애쓰면 그
안에 리듬이 있고, 연주가 있고, 살아있는 생명, 숨겨진
진리가 있다니. 자유분방한 그 선율이 나에게는 무질서
와 혼돈의 음계였는데, 누군가에는 무아, 해탈, 구원의
멜로디라니!

마지막으로 친구는 "네가 생각하는 최고의 사랑은 어
떤 느낌인지, 너라면 최고의 사랑의 순간을 음악으로 어
떻게 표현해 볼지 생각해 봐."라며 재즈 마니아다운, 아
니 그보다 다분히 교육자다운 숙제를 내주며 대화를 끝

마쳤다.

내가 생각하는 최고의 사랑, 그 순간을 음악으로 표현한다면 나는 어떻게 표현할까? 불현듯 내 인생의 가장 무질서하고 혼란스러웠던 시간이 떠올랐다. 내가 막 지나온 7년이라는 긴 어둠의 시간, 희망이라고는 전혀 보이지 않았던 슬픔과 좌절의 시간, 내 인생의 불협화음. 어느 날 느닷없이 들이닥친 고통 앞에서 한번 어긋난 박자는 그동안 내가 쌓아놓았던 삶의 균형을 차례로 흩트려 놓았다. 놓쳐버린 리듬을 따라잡으려 안간힘을 썼지만 나는 계속 실패했다. 그 부조화 속에서 집착에 가까울 만큼 한 곳을 향하던 나의 마음. 바로 아이를 갖고 싶다는 마음.

7년의 시간 동안 나는 세 번의 유산과 한 번의 사산을 겪었다. 내 안의 생명과 여러 번의 이별을 겪어야 했고, 언제 만날지도 모르는 아이를 기다리며 나는 생명이 없는 삶을 살았다. 마지막으로 출산을 한 달 남겨 둔 아이가 뱃속에서 떠나갔을 때 나의 세계는 완전히 망가져 버렸다. 아무 일 없는 듯 일상을 살아낼 수 없었고, 감정을 숨긴 채 사람들 앞에 나설 수 없었다. 나는 모든 것을 중단한 채 내가 만든 동굴 속으로 들어갔다. 사람들과의 연락을 끊고 회사를 휴직했다. 평범했던 나의 일상은 무

너졌고, 촘촘했던 관계망들이 끊어지고 엉켜서 엉망이
되어갔다.

　세상의 모든 현상에 나름의 규칙과 질서를 부여하고
이유를 찾고자 한다면 내가 지나온 7년이라는 긴 어둠
의 터널도 의미가 있을까? 무질서하고 혼돈에 가득했
던, 실패한 연주처럼 보였던 그 시간이 나에게도 구원과
승리의 시간이 될 수 있을까?

　친구가 남긴 숙제의 답을 찾지 못한 채 일 년의 시간
이 흐른 어느 날, 존 콜트레인의 〈최고의 사랑〉이 다시
나를 찾아왔다. 우연히 〈최고의 사랑〉에 대한 누군가의
음악 리뷰를 읽게 되었다. 음악을 향한 끝없는 의지와
뜨거운 고백이라는 〈최고의 사랑〉, 이번에는 존 콜트레
인의 음악을 좀 더 이해해보고 싶었다. 어떤 간절한 열
망이 최고의 사랑을 만들었는지, 다른 사람들은 그의 음
악 속에서 어떻게 최고의 사랑을 느꼈는지 알고 싶었다.
나는 존 콜트레인에 대한 정보를 찾기 시작했다.

　존 콜트레인의 연주에 사람들이 열광하는 것은 음악
의 조화와 멜로디의 아름다움보다는 연주자가 주는 음
악에 대한 열정과 연주에서 전해오는 압도적 몰입감이
었다. 그것이 때론 세상이 정한 일반적인 전통, 규칙, 주

류와는 다를지 모른다. 내가 생각했던 질서와 어울림만이 음악의 아름다움이 아닌, 연주자가 추구하는 세계에 대한 강한 믿음과 에너지, 시공간을 초월한 몰입과 열정이 주는 감동과 아름다움도 세상에는 존재하고 있었다.

존 콜트레인의 삶과 음악이 담긴 이야기를 따라 읽다가 나는 어느 대목에서 멈췄다. 바로 존 콜트레인의 〈최고의 사랑〉이 자신에게 아들의 탄생을 허락한 신에 대한 감사와 절대적 사랑을 담았다는 문장이었다. 그 문장을 통해 이해할 수 없었던 그의 음악 속에서 나는 한 줄기 햇살처럼 반짝이는 의미를 발견해 냈다.

마침내 내가 건강한 아이를 품에 안던 날, 나는 7년 동안 나를 괴롭혔던 긴 어둠과 불안의 터널에서 빠져나올 수 있었다. 나는 아직도 그날의 생생한 떨림과 가슴 벅참을 잊을 수가 없다. 절망과 고통의 시간을 지나 기적과도 같이 다시 생명을 얻었을 때, 나는 더 이상 내 운명을 원망하지 않고 삶을 바로 볼 수 있는 용기가 생겼다. 내 안에 있던 모든 불안과 어둠을 몰아내던 아이의 숨소리. 그 순간이 바로 나에게는 최고의 사랑의 순간이었음을 고백한다. 직접 온몸으로 겪어낸 나의 멜로디, 오롯이 나만이 표현할 수 있는 최고의 사랑의 순간이었다.

나는 다시 한번 회사 뒤편 산책길로 들어가며 존 콜트 레인의 음악을 들었다. 나는 기쁨에 찬 표정으로 하늘을 향해 아들을 번쩍 들어 올리는 존 콜트레인을 떠올렸다. '승인', '결의', '추구', '시편', 네 개의 파트로 이루어진 그의 연주 중, 파트 3 '추구'의 중반부를 들을 즈음이었 다. 여전히 난해하고 혼란스러운 연주 가운데 일순간 그 가 표현하고 싶었던 격렬한 환희와 완벽한 몰아가 하늘 을 향해 번쩍 떠올랐다. 나의 경험과 그의 경험, 나의 멜 로디와 그의 멜로디가 만나는 순간이었다.

　봄꽃이 피어나기 위해서 긴 추위와 어둠의 시간을 견 뎌내야 하는 것처럼, 최고의 사랑의 순간은 불안과 고통 의 시간을 이겨낸 후에 찾아온다. 우리 인생을 관통하는 고통의 의미와 이유도 그 터널을 지나온 후에야 비로소 알 수 있다. 어쩌면 존 콜트레인도 마지막 최고의 순간 은 그의 음악 속이 아닌, 음악이 끝난 이후에 맞이하는 우리 각자의 순간에 맡겨주었는지도 모르겠다. 난해하 고 뜨거운 연주 후에 그 의미를 이해하는 순간, 그 최고 의 순간은 비로소 우리 안에서 꽃을 피운다.

한동안 인생의 어두운 터널을 지나왔습니다. 꽃이 피어도, 무지개가 떠도 아무것도 기쁘지 않던 시간을 보냈습니다. 그 누구도 만나고 싶지 않았고, 살아도 사는 것 같지 않았습니다. 그 시간 동안 나의 유일한 친구는 글이었습니다. 어지러운 마음에 아무것도 할 수 없는 날이나, 잠을 이룰 수 없는 밤이면 무엇이라도 써서 마음을 달랬습니다. 그 글들이 어디를 향해 가는지 모르고 끄적거렸는데, 뒤돌아보니 저를 오늘 이곳에 닿게 했습니다.

직장인신춘문예는 제가 계속해서 글을 쓸 수 있도록 길을 안내해 준 등대였습니다. 처음 썼던 수필도 이곳에 응모했고, 떨어져도 다시 도전했습니다. 꼭 이곳에서 당선되고 싶었습니다. 될 때까지 도전해 보겠다고 마음먹었는데, 그런 제 소망을 아셨는지 부족한 제 글에 손을 내밀어 주신 심사위원 선생님들께 깊은 감사를 전합니다. 직장인신춘문예 당선을 통보받은 그 순간이 저의 글쓰기 인생에 있어 〈최고의 순간〉이었습니다.

'나'로 시작한 글쓰기가 '나' 자신을 충분히 위로해 주면 그다음에는 타인의 세계를 향해 나아갑니다. 어느 순간에는 저도 타인의 아픔을 이해하고, 세상을 더 사랑하는 글을 쓸 수 있었으면 좋겠습니다. 세상 속에 작은 온기 하나를 더하는 다정한 작가가 되고 싶습니다.

늘 고맙고 미안한 엄마, 오래오래 제 곁에 계셔주세요. 사랑하는 남편과 소중한 지후, 연후, 서아, 언제나 빛을 전해주는 운희, 인생의 멘토 강송진 본부장님, 따뜻한 에너지를 보내주시는 박진서 이사님, 글을 쓸 수 있도록 이끌어 주신 박덕규 교수님과 최대순 시인님, 힘들 때마다 위로와 용기를 주는 친구들, 직장 동료들, 선배님들, 그리고 나의 피아노, 모두에게 깊은 감사를 전합니다.

삶의 고통을 이긴 과정을 재즈에 비유한 신선함

제8회 직장인신춘문예 수필 부문 응모자는 총 54명이었고, 작품 수는 107편이었습니다. 이 중에서 예심을 통과하고 올라온 작품이 16편이었습니다.

수필은 허구의 세계를 형상화하여 다양하게 그리는 소설과는 달리, 작가 자신의 체험이나 생각, 사상 등을 사실적으로 그려내는 문학 행위입니다. 그러기에 수필은 필자 자신의 깊은 깨달음과 철학적인 사유를 통해 독자들에게 감동을 주어야 하는 진솔하고 격조 높은 문학 장르입니다. 허구를 배제하는 수필은 언제나 자신의 몸에서 나온 실로 고치를 만드는 누에의 정성으로 갈고 닦아야 하는 수도修道의 자세가 필요합니다.

이번 응모작품들은 저마다 개성이 뚜렷하고 사고가 깊고, 무엇보다도 문장이 세련되고 묘사가 뛰어났습니다. 깔끔하게 다듬어진 수준 높은 작품들이 많아서 읽는 즐거움이 있었습니다.

고심 끝에 4편을 선정해서 집중적으로 세심하게 읽었습니다. 어진봉의 「최고의 사랑」, 박신호의 「개기월식」,

김현철의 「바람을 박제하다」, 최호열의 「낙엽, 글을 만나다」였습니다. 이 중에서 마지막까지 겨루다가 최종심까지 오른 두 작품은 그 어느 때보다 완성도가 높고 실력이 비슷해서 우열을 가리기가 몹시 어려웠습니다.

어진봉의 「최고의 사랑」은 7년 동안 세 번의 유산과 한 번의 사산을 겪은 고통을 재즈 연주를 통해서 표현한 다소 특이한 작품입니다. 20세기 대표적인 재즈 연주가 존 콜트레인의 〈최고의 사랑〉은 암담한 절망 속에 슬픔과 좌절로 불협화음을 일으켰던 혼돈과 무질서를 연주하고 있었습니다. 필자는 무아, 해탈, 구원의 영적인 경지에 이르는 낯설고 자유분방한 멜로디를 들으며 점점 압도적으로 몰입하기 시작합니다. 오랜 시련의 세월이 지난 뒤에 마침내 품에 안은 건강한 아들의 숨소리가 '최고의 사랑'의 순간이었음을 필자는 고백합니다. 신에 대한 감사와 절대적 사랑과 기쁨을 불협화음처럼 멋대로 표현하는 존 콜트레인의 열정적인 재즈 음악을 들으며 긴 혼돈과 어둠, 불안의 시간에서 빠져나온 자신의 이야기를 엮어서 격조 높게 승화시킨 작품입니다.

박신호의 「개기월식」은 달에 드리우는 개기월식을 통해서 삶의 어둠을 적절하게 비유한 작품입니다. 문장이 깔끔하고 묘사가 뛰어납니다. 개기월식 과정을 섬세하고 정확하게 묘사하면서 자신에게 닥쳤던 불행을 차분하게 전개하고 있어서 감동을 줍니다. 글을 이끌어가는 솜씨가 오랜 습작 기간을 거친 듯합니다.

　마지막까지 두 작품을 거듭 읽으면서 고심한 끝에 신선한 수법으로 작품을 완성한 어진봉의「최고의 사랑」을 당선작으로 선정했습니다. 직장인신춘문예에 세 번이나 응모를 한 어진봉 당선자의 끈기와 노력에 축하의 박수를 보냅니다. 앞으로도 끊임없는 집필을 통해 더욱 발전하시기를 바랍니다. 그리고 최종심까지 오른 분들에게도 아쉬움과 심심한 위로를 보내며 희망을 가지고 정진하시기를 바랍니다.

　— **심사위원** : 김선주 소설가

2024년
제9회 투데이신문 직장인신춘문예
당선작

시 부문 당선
이정애
부산 출생.
피부미용사.
프리마베라 에스테틱, 곰동네 쇼핑몰
대표.

소설 부문 당선
백지현
경기도 남양주 출생.
강릉원주대학교 화학신소재학과 졸업.
서울의 클라우드 솔루션을 개발하는
소프트웨어 기업에서 개발자로 근무중.

수필 부문 당선
김정화
경북 포항 출생.
한국방송통신대학 국어국문학과 졸업.
요양보호사.

더욱 높은 열기 흥미로운 상상력

시 부문 132명 411편, 단편소설 부문 88명 96편, 수필 부문 73명 152편, 웹소설 부문 8명 8편. 신설한 웹소설 부문을 제외하면 모두 30~40% 증가한 응모 상황이다. 응모한 지역도 전국 각지, 직업 역시 정규직 비정규직을 넘나드는 다양함을 보여주었다. 익숙한 직업군도 많았지만 이색 직업도 눈길을 끌었다. 참여 정도나 다양성으로만 보면 직장인신춘문예는 앞으로도 대중들의 많은 관심과 성원을 받을 거라 예상할 수 있다. 하루 일과를 업무로 채우면서 그 나머지 시간 역시 '글 업무'로 이어가는 분들의 노작인 만큼 소중히 다루어 읽는 시간이 필요했다.

시, 단편소설, 수필 부문은 예년대로 예심과 본심으로 나누어 진행했다. 예심은 이 행사를 주관하는 한국문화콘텐츠21의 운영위원인 문학인들이 주로 맡았다(시 : 김홍기 · 최대순 시인, 단편소설 : 김현숙 · 김경 소설가, 수필 : 배석봉 소설가, 박애경 에세이스트). 본심은 박덕규 문학평론가 · 단국대 명예교수, 이순원 소설가, 최원현 수필가가 각각 시·단편소설·수필 부문을 맡아 수고했다. 웹소설 부문은 응모작이 적어 박덕규, 노은희(두원공과대 미디어문예 창작과 교수) 두 작가가 맡아 바로 결론을 낸바, 아쉽게도 당선작을 내지 못하는 아쉬움을 남겼다.

시 부문은 28인 84편을 일차로 골랐고, 모두 지나치게 긴 시일 뿐더러 매우 산문적이라는 약점을 지적받은 중에 개성이 살아 있는 5편을 최종 대상으로 삼았다. 「긴급 전보의 시대」는 디지털문명에 길든 시대의 감성을 '기계를 애무하는 메시지'에 담아 보이는 새로운 시도를, 「철새들의 집」은 철에 따라 이곳저곳 옮겨 다니며 결국 집을 남기지 않는 철새와 공사판을 떠도는 인부의 처지를 서로 비교한 형상을, 「달빛이 나를 데려간 시간」은 한 여행지의 광장에서 맞이하는 밤의 풍경을 묘사하는 빛나는 언어를, 「적출하다」는 오래 쓴 덤프트럭을 폐차하는 현장에서 자본생산에 바친 노동의 희생을 읽어내는 무게 있는 시선을 칭찬 받았다. 「허들링」은 한겨울 시장 골목에 나앉아 있는 상인들의 모습을 남극 펭귄들의 허들링으로 이은 상상력이 돋보이고 함께 보낸 시 「보릿돌 해녀」나 「까추」의 수준도 고르게 높다는 평가를 받으며 당선에 올랐다.

소설 부문은 예심을 거쳐 9편이 본선에 올랐다. '직장인신춘문예'답게 자신의 직장을 소재로 한 작품도 많았지만, 뜻밖의 상상력을 펼쳐 보이는 작품도 있었다. 다시 「엄마 면허」, 「마임」, 「아감뼈로 흐르는 섬」, 「망치질을 멈추지 마」, 「사막의 민트」 5편으로 좁혔다. 「엄마 면허」는 수십 년 후 인구 절벽 시대를 배경으로 설정한 착상, 「마임」은 인물들 간의 관계 설정, 「아감뼈로 흐르는 섬」은 문장력과 상황묘사, 「망치질을 멈추지 마」는 직장의 불안정, 미래에 대한 고민 등을 이끄는 문장 등에서 점수를 얻었다. 사막에 둘러싸인 도시를 배경으로 한 「사막의 민트」는 소재와 배경의 특별함에 묘사력을 더해 당선에 올랐다.

수필 부문은 예심을 거쳐 10편이 본선에 들었다. 수필을 '적당히 짧으면서 시보다는 긴 나의 이야기' 정도로 생각하는 통념이 아직 남아 있는 글이 눈에 띄었다. 공감할 수 있는 서사, 깊이 있는 사유, 주제를 의미화하는 형상화 등을 기준으로 3편을 남겼다. 「그날」은 이야기를 끌어가는 힘에 비해 시점 설정이 모호해, 「윤희에게」는 영화 얘기를 자신의 이야기처럼 들려준 데 비해 그 공감의 범위가 약해 마지막 선에 오르지 못했다. 「바림, 스며들다」에서 결코 타협할 수 없을 것 같았던 고령의 친정어머니와 시어머니가 어느 한순간을 통해 서로에게 스며드는 과정을 화선지에서 농도가 다른 물감이 서로 스며드는 모습에 빗댄 대비적 구성에서 돋보여 당선에 올랐다.

웹소설 부문은 8편 응모작을 두고 숙고를 거쳤다. 전체적으로 '웹'이라는 특징만 생각하고 소설이 지녀야 하는 기본문법을 안이하게 여기는 것이 아닌가 하는 인상이어서 결국 당선을 내지 않는 것으로 결정했다. 착상이 좋고 개성이 빛나는 서사도 많았지만 독자를 이끌어내는 형상에 이르지 못해 다음을 기약할 수밖에 없었다.

지난해 12월 2일부터 올해 2월 29일 사이에 원고를 받고 예심을 거쳐 최종 당선작을 선정한 것이 3월 15일이었다. 당선 통보를 받은 당선자들의 탄성을 듣는 기쁨이 크다. 축하를 보내고 선에 들지 않은 많은 직장인들의 노고에도 박수를 보낸다. 한국문화콘텐츠21이 올해 다시 투데이신문과 함께 하면서 큰 힘을 얻었다.

— 심사위원회

허들링

이정애

여긴 눈사람이 모여드는 눈밭이에요.

콩물 덩얼덩얼한 목소리 두부할매 곁으로
건어물아재 머리를 주억거리며 걸어오네요.
그 옆 코다리삼촌 안짱걸음으로 다가옵니다.
만푸장 국수아지매와 61번 노점상 엄마도 모여서요.

우리는 겨울을 받아 안으며 어깨가 둥글어져요.
둥글게둥글게 눈을 굴리며
시장 골목에서 눈사람이 되어요.

작은 어깰 더 작게 오므리고
시멘트 장바닥에 새벽처럼 쪼그려 앉아요.
한데 붙으려는 건 서로에게 녹아들려는 것이죠.
녹아드는 건 눈사람의 으뜸가는 수완이잖아요.

〈

극지란 시린 사람이 사는 오지여서
서로를 끌어안으면 가슴과 가슴은 따뜻해집니다.

졸린 눈을 털외투에 감추며
저마다 손난로 하나씩 호주머니에 넣고
신경통 쑤시던 간밤의 안부를 난전으로 펼쳐놓지요.

그럴 때 우리는
어쩌면 북극이 아닌 남극을 생각하죠.

빙하의 좌판 골목에
드문드문 유빙이 떠내려오면
언 살에 박힌 젖은 입술도 잠시 따뜻해집니다.

싸락눈만 한 마수걸이 흥정에 바구니 속 비닐봉지가
제비갈매기 부리처럼 부풀어 오르고
눈썹엔 흰 눈발이 달라붙어요.

물건값 후려치는 뜨내기 어깃장을
얼음 벼랑까지 내쫓기도 하지만
시도 때도 없는 마트 할인행사에는
하루치 추위가 서너 곱절로 세차게 몰려옵니다.

〈

내일이 된다는 건 언 발 위에 언 발을 얹는 일입니다.

눈발은 아까보다 거세지고
손난로는 어느새 얼음처럼 차가워졌지만
어쩌겠어요, 파장할 될 때까진
어떡하든 견뎌내야 하는 아득한 설원인걸요.

조금씩 앉은 자리를 좁히는
눈사람들의 어깨 너머로
오늘은 따뜻한 설국 하나 태어납니다.

이제부터 생강나무 노란 봄

눈을 감으면 오히려 더 밝아 보일 때가 있었습니다. 눈을 감고 살아온 십여 년의 시간을 보내면서 얼어붙은 골목을 수없이 배회했습니다. 겨울밤에는 숨 쉬는 모든 생명체와도 타협했습니다. 혼자 울면서 시각 장애인처럼 물속을 걸었던 적도 있었습니다. 그러나 이제부터는 생강나무 노란 봄입니다. 이 봄을 맞으려 그 숱한 계절을 견뎌내 왔습니다. 혼자라는 단어가 더불어라는 단어로 변했습니다. 함께 합니다. 보이는 것과 보이지 않는 저, 너머 너머와도 함께 하겠습니다. 제 걸음에 더 많은 이들의 걸음을 보태서 걸어보겠습니다.

허들링을 통해 세상과 연결되었습니다. 허들링할 수 있는 따뜻한 세계로 나가며 더 아름답게 사랑할 것입니다. 그 사랑을 처음 가르쳐 주시고 저라는 생명을 세상에 내보낸 박태순 여사님과 시의 주인공들 고맙습니다. 그리고 김기택 교수님께서는 시에 대해 부단히 허들링을 해주셨습니다. 그 힘으로 버텨 여기까지 왔습니다. 언제나 시와 교수님은 혼연일체입니다. 또 한 계단 올라서면서 쉬지 않고 가겠습니다. 박형권 시인님, 김영식 시인님 그 많은 독려 고맙습니다. 제 옆에서 저를 이 길로 이끈 모든 분의 은혜 잊지 않겠습니다.

진정 저를 존재하게 하는 모든 것에 고마움 표합니다. 바람의 인연으로 만난 내 아름다운 사람, 눈꺼풀에 앉은 오늘은 더 그립고 더 사랑합니다. 십 년간 공부한 동양 고전은 제 정신세계를 확장시켜 시 창작을 풍요롭게 했습니다. 그 손을 잡아준 투데이신문사와 박덕규, 김홍기, 최대순 시인님 감사합니다. 그리고 에너지를 다해 함께 달려준 모든 응모자님 수고하셨습니다.

흔한 잠언에 그치지 않은 구체적 정황

132인 예비시인의 시 411편을 읽고 올린 것이 28인 84편. 이를 두고 숙고해서 입상권을 좁히니 5인의 시들이 남았다. 그들 대표작이 각각 「긴급 전보의 시대」, 「철새들의 집」, 「달빛이 나를 데려간 시간」, 「적출하다」, 「허들링」 등이다. 모두 지나치게 긴 시일 뿐더러 매우 산문적이라는, 이즈음 한국시의 유행이나 관습을 답습하고 있다는 느낌이 앞을 가렸다. 그걸 헤치고 한 편 한 편 읽어가는 일이 조금 고통스럽기도 했는데, 그런 중에 나름의 시적 진실이랄까 하는 것을 확인하는 기쁨이 피어올랐다.

「긴급 전보의 시대」는 디지털문명에 길든 시대의 감성을 '기계를 애무하는 메시지'에 담아 보이는 새로운 시도가 돋보였다. 그러나 그 언어가 시로 녹아들지 못하고 겉돌았다. 「철새들의 집」은 철에 따라 이곳저곳 옮겨다니며 결국 집을 남기지 않는 철새와 공사판을 떠도는 인부의 처지를 서로 대비해 눈길을 끌었다. 그러나 설명하는 말이 지나치게 길고 세세해 시적 언어로서의 향기를 스스로 지워버렸다. 「달빛이 나를 데려간 시간」은 한 여행지의 광장에서 맞이하는 밤의 풍경을 묘사하는 언어들이 빛났다. 그러나 그 언어가 엇비슷한 형태와 의미로 반복되었다. 「적출하다」는 오래 쓴 덤프트럭을 폐차하는 현장에서 자본생산에 바친 노동의 희생을 읽어내는 무게 있는 시선이 돋보였다. 그러나 장황한 설명이 시상을 흐려놓았다.

「허들링」은 한겨울 시장 골목에 나앉아 있는 상인들의 모습을 남극 펭귄들의 허들링으로 이은 상상력이 돋보였다. 군데군데 설명이 길어지는 약점이 남아 있기는 하지만, 전체적으로 일관된 흐름을 유지해 시적 형상에 도달했다. '시린 사람이 사는 오지에서는 서로를 끌어안으면 가슴과 가슴이 따뜻해진다'는 진술이 흔한 잠언에 그치지 않고 '구체적 상황'을 통해 진정성을 얻고 있었다는 점에 점수를 보탰다. 함께 보낸 시 「보릿돌 해녀」나 「까추」도 뒤지지 않았다. 「허들링」 외 2편을 당선작으로 올린다.

시가 일상적 삶의 내용으로 구체적으로 담아낼 수 있다는 사실을 더는 싫어할 수 없는 시대다. 그러나 시가 생활문이나 논설문도 아닌데 자꾸 설명하고 가르치려 하는 건 마땅히 경계해야 할 것이다. 압축하지 않고 생략하지 않는다면, 나아가 은유하지 않고 상징하지 않는다면 시가 시일 필요가 없다는 생각을 다시금 다질 때가

아닌가 싶다. 시를 사랑하는 직장인 여러분의 분발을 기
대한다.

　　— 심사위원회

사막의 민트

백지현

내가 태어나고 자란 도시, 이곳은 모래 왕국이다.

이질적일 정도로 높고 빽빽한 회색의 건물들 사이를 가만히 지켜보고 있으면, 도시를 가르는 아득한 지평선으로부터 금빛 실자락들이 일렁인다. 햇빛을 받은 가녀린 모래알들. 나의 도시는 사막으로 둘러싸여 있다. 중심지에서 멀어질수록 점점 높아지는 건물 높이에는 깊은 사막에 대한 경외심과 일말의 반항심이 공존하고 있는 듯하다. 빌딩 숲 너머 저 멀리 손에 잡힐 듯 사라질 듯한 거리에 바로 미지의 사막이 있지만 당장 눈앞엔 회색 건물들이 즐비한 곳이 바로 이 도시이다. 나처럼 사막의 도시에서 나고 자란 아이들은 어릴 적부터 줄곧 들어온 말이 있다.

"사막을 건너는 사람은 아무도 없어."

그에 똘똘한 아이들은 눈에 총기를 띤 채, 왜? 라고 묻는다. 그럼 어른은 이렇게 말한다. 건너는 사람들은 모두 사막의 요정이 삼켜버리니까! 항상 아이들의 사막에 대한 호기심은 겁을 잔뜩 먹어버린 비명으로 끝이 나곤 했다.

어느 정도 머리가 큰 후로는 사막에 대한 사실적인 소문들이 무성했다. 누가 사막을 간다고 했다가 그대로 행방불명이 되었다더라, 모래 폭풍에 실종된 남편의 넥타이가 날려왔다더라, 하는 어딘가 조잡한 그 소문들에 나는 누군가 일부러 사람들이 사막에 가지 못하게 하려고 이런 소문을 흘리고 다니나 했다. 아주 가끔 '쟤가 부잣집 딸내미라더라'와 같은 출처가 불분명한 소문을 꼬리표처럼 달고 다니던 애들은 돌연 집안의 온 식구가 함께 홀연히 도시를 떠나는 경우도 있었지만, 그런 경우는 매우 드물기도 했을 뿐더러 도시에 남은 사람들은 마치 그들은 처음부터 없었던 존재인 것처럼 쉬쉬하며 떠난 사람에 대한 기억을 억지로 지우기만 급급했을 뿐이었다. 그 애와 가족들이 어떻게, 왜 도시를 떠났는지. 아니, 애초에 떠난 건 맞는지 아는 사람들은 적어도 내 주위엔 없었다. 도시를 떠난 이가 생기면 한동안은 분위기가 어수선해지지만 그런 어수선함과 일말의 공포심은 금세 작열하는 모래 속의 일상으로 잦아들곤 했다. 그 시절까지만 해도 사막에 대한 나의 관심은 보이면 보고 들리면

듣는, 딱 모래 한 알만큼이었다.

　내가 일하고 있는 잡화점은 이 도시에서 살아가는 사람들을 위한 일반적인 생활용품들을 구비해 놓은 곳이다. 더위와 모래를 씻어내기 위한 부드러운 수건과 다양한 향기의 비누서부터 아침마다 농장에서 받아오는 신선한 낙타 우유, 오아시스의 차가운 샘물 그리고 꽃이 피기 전의 식용 선인장과 같은 먹거리들. 또 모래에서 채취하는 유리 제품도 몇 개씩 취급하고 있다. 나는 이런 작은 가게에서 일하고 있지만, 대부분의 내 또래들은 도시를 뒤덮고 있는 회색 건물의 발전소에서 일하고 있다. 도시에 필요한 모든 전력은 그 회색 건물들에서 생산되고 있다고 들었을 만큼 지분이 대단한 곳이라 학교를 졸업할 시기의 나에게도 발전소에서 일할 기회가 주어졌지만, 어쩐지 그 당시 나는 그곳에서 일한다는 것이 떨떠름하게 다가와 거절했던 기억이 있다. 발전소처럼 안정적인 직장을 갖는다는 것은 '도시에서의' 내 미래를 보장하지만, 경주마처럼 앞만 보고 달릴 수밖에 없는 삶을 의미하기도 하기 때문이다. 그때 내가 가졌던 떨떠름함은 아마 그런 예정된 치열함에 대한 반감이었을 거라고 생각된다. 잡화점을 운영하는 지금의 내 삶을 발전소 직원들과 비교해본다면 벌이와 안정성에서 뒤지는 것은 사실이지만 잡화점 나름의 평화로운 일상에서 소소한

행복들을 찾으며 내 나름대로 만족하며 살아가는 중이
다.

　오늘은 유난히 햇볕이 뜨겁게 내리쬐는 날이다.
　이런 날 건물들 사이로 아득히 일렁이는 지평선을 바
라보고 있으면 괜스레 나까지 아찔해지는 기분이 든다.
나는 찌르듯이 머리 위로 쏟아지는 볕을 받으며 생각했
다. 이렇게 햇살이 강한 날 밤은, 꼭 모래 폭풍이 찾아온
다.
　늦은 밤, 도시에 짙은 어둠이 내리면 휘몰아치기 시작
하는 사막의 폭풍. 모래 폭풍은 모래 참새들의 위협적인
지저귐과 함께 폭풍을 미처 피하지 못한 거리의 온갖 술
주정뱅이들, 수상한 자, 골목의 작은 고양이까지 모두
사막으로 데려가 버리는 냉정한 바람이다. 휘몰아치는
거친 바람 소리와 창문을 날카롭게 두드리는 모래알 소
리. 그리고 바람이 부는 시간에만 꼭 시끄럽게 재잘거리
는 모래 참새들의 울음소리에 도시 사람들은 집 안에 들
어가 문과 창문을 단단히 걸어 잠그고 이 소란스러운 밤
이 어서 지나길 기다려야 했다. 모래 폭풍은 마치 약을
올리듯 아주 불규칙적으로 도시를 찾아오기에 마땅한
대비도 어려워 도시 사람들의 영원한 골칫거리가 되었
지만 나는 어릴 적부터 어딘가 기묘한 이 풍경이 마냥
싫지만은 않았다.

폭풍이 다녀간 도시는 모래투성이의 아수라장이 된다. 고운 모랫발에 여기저기 찢어진 차양막과 가게 문을 막아버릴 만큼 높게 쌓인 모래탑을 치워내는 점원들, 길바닥 여기저기 어지럽게 쌓인 모래들에도 아랑곳하지 않고 단단한 구둣발로 모래 더미들을 밟고 지나가는 발전소 직원들, 평소에는 어디 있는지 보이지도 않던 모래 청소부들의 빗자루 소리. 조금은 심란한 풍경임에도 그 누구의 불평 소리도 들을 수 없다. 모래 속에서 살아가는 우리에겐 당연한 일이기에.

나는 잔뜩 쌓인 모래를 밀어내며 잡화점 문을 열었다.

폭풍이 몰고 온 매캐한 모래 먼지 냄새가 아닌 달큼하기도 상쾌하기도 한 잡화점 냄새가 콧속으로 흘러 들어온다. 나는 이 냄새가 좋다. 진열장의 비누 향기일까. 선인장 과육의 향기일까. 좋아하는 냄새에 슬며시 기분이 좋아진 나는 언젠가 라디오에서 들었던 노래를 흥얼거리며 창고에서 커다란 빗자루를 꺼내 들었다. 손님 맞을 준비를 위해 나도 여느 도시의 사람들처럼 가게 앞의 거대한 모래 더미들을 치워내야만 한다.

"어서 오세요."

가게 안까지 흘러들어온 자잘한 모래알들과의 싸움을 마친 뜨겁고 건조한 오후. 딸랑이는 도어벨 소리와 동시에 열린 잡화점 문 앞엔 자기 덩치만 한 낡은 배낭을 맨

작은 여자가 서 있었다. 난쟁이가 매고 다닐 것 같은 둥그렇고 방정맞은 배낭에 기름기 때문인지 여기저기 뭉쳐 산발이 된 머리를 한 그녀는 문 편에서 쭈뼛이 서 있다가 카운터에 가만 서서 자기를 바라보는 나를 발견하고는 수줍게 내부를 둘러보기 시작했다. 여자는 한동안 조용히 물건을 구경하는 듯하더니 불현듯 내게 말을 걸어왔다.

"여기 비누는 이게 전부인가요?"

나는 슬며시 카운터에서 나와 여자가 서 있는 진열대 앞으로 다가갔다. 여자의 옆에 서니 훅 끼치는 진한 땀 냄새. 순간 머리가 멍해질 정도로 독하고 아득한 냄새에 흡, 하며 그만 소리 나게 숨을 참아버렸다. 실수했다는 자각을 하기도 전에 여자가 먼저 멋쩍게 웃으며 말했다.

"아, 오랜만에 도시에 돌아와서요."

죄송합니다, 하며 부끄러움이 섞인 사과의 말을 덧붙인 여자는 나를 슬쩍 쳐다보며 웃었다. 뺨을 붉히고 서글서글 웃는 여자를, 나는 나도 모르게 그 얼굴을 빤히 쳐다봐 버릴 뿐이었다.

"지금은 오렌지 비누랑 오이 비누랑 여기, 이 민트 비누가 전부예요."

구석에 하나 남은 옅은 녹색의 민트 비누를 집어 여자에게 건네니, 여자는 반색하며 비누를 건네받았다.

"제가 찾던 거예요!"

여자는 민트 비누를 보물처럼 소중히 들고 카운터로 걸음을 옮겼다.

"도시에서도 민트가 나나 봐요."

"아마 외곽 오아시스 주변에 자생하는 민트가 조금 있을 거예요."

나는 서랍에서 포장용 종이를 꺼내 그녀가 소중히 들고 온 비누를 감쌌다. 여자는 혼잣말인지 아니면 들으라고 하는 소린지 헷갈릴 정도로 사막에는 더 많은 민트가 있는데, 라며 중얼거렸다.

"사막이요?"

예상치 못한 사막이란 단어에 놀란 나는 비누를 포장하던 손길을 멈추고 되물었다. 여자는 슬쩍 끄덕였다.

"남쪽 오아시스에 민트 군락이 있어요."

아마 이 잡화점 열 배 정도는 될걸요, 하며 여자의 손가락은 잡화점 구석서부터 문간까지 가리키며 군락지의 거대함을 설명하려는 듯했다.

"그렇게 많이 자란다고요?"

"그럼요. 게다가 조만간 꽃 필 철이라 그 오아시스를 보고 있으면 정말 장관이 따로 없어요."

나는 진작 포장을 마쳤지만 무의미하게 만지작거리고 있던 비누를 슬며시 여자에게 건넸다. 여자는 이내 감상에 젖은 얼굴을 거두고는 환한 표정으로 비누를 건네받았다.

"아, 내가 사막을 다니고 있다는 사실은 비밀로 해줬으면 좋겠어요."

무슨 말인지 알지? 하는 듯이 여자는 검지를 입술에 가져다 대며, 나를 장난스레 쳐다보곤 잡화점을 홀쩍 나갔다.

사막이라.

아까 낮에 만난 여자의 말 때문인지 오늘 밤은 유난히 길게 느껴졌다. 평소 같으면 이미 잠들었을 시간에도 뒤척이던 나는 아무리 눈을 감고 불러도 오지 않는 잠에 백기를 들었다. 차라도 한 잔 마실까 하여 비척거리며 나온 부엌엔 차갑고 쓸쓸한 어둠만이 가득했다. 나는 그리 어둡던 부엌에 불을 밝히고, 찻물을 준비하고, 찻잎을 계량해 넣는 중에도 머릿속은 한창 낮의 여자와 사막에 사로잡혀 있었다. 그 여자가 내게 거짓말을 했을 수 있다. 처음 보는 사람에게 하는 허황된 거짓말처럼 쉬운 것은 없을 테니까. 냄비 속 불규칙적으로 보글거리는 물방울들을 가만히 지켜보던 나는 그것들이 어쩐지 지금 내 머릿속을 휘젓고 있는 여러 생각들과 비슷해 보인다고 생각했다.

밤잠을 설친 탓에 얼마큼 몽롱한 기분을 하고는 잡화점 문을 열었다. 입이 찢어지게 쩍 하고 하품하며 냉장고에 배달된 낙타 우유를 채워 넣던 나는 내심 어제의 그 여자가 잡화점에 다시 방문해주길 바라고 있었다. 재고 정리와 간단한 청소를 마치고 하릴없이 카운터에 앉아 반쯤 감긴 눈으로 창밖만 바라보며 천천히 흘러가는 구름에 집중하던 중, 카운터 위로 통— 하고 물병이 놓였다.

"얼른 계산해주세요."

하며 싱겁게 웃으며 말하는 그 사람은 발전소에 다니고 있다던 내 동창이었다. 몇 년 만에 만난 동창에 대한 반가움보다 손님이 온 줄도 모르게 멍하니 있었다는 부끄러움에 얼굴을 붉히며 급하게 자리에서 일어났다.

"오랜만이네. 일은 어때?"

나는 허겁지겁 동창이 건네는 지폐를 받아 들며 으레 할 만한 말을 건넸다. 오랜만에 마주한 그 얼굴은 어쩐지 여위었으며 차려입은 깔끔한 정장과는 대비되게 조금은 초라해지기도 한 느낌이 있었다. 차림새나 시간대를 보아 아마 출근길에 들른 모양이다. 지친 표정의 그는 바람 빠지는 소리를 내며 웃었다.

"발전소야 늘 그렇지 뭐. 너는 어때?"

묘하게 생기 없는 눈으로 나를 바라보며 되물어오는 그의 질문에 이유를 알 수 없이 당황한 나는 여긴 비슷하지 뭐, 하며 말끝을 얼버무리고 말았다.

잔돈과 물을 건네 든 동창은 얼마간 따뜻해 보이는 눈으로 나를 훑어보더니 다음에 한번 보자, 하며 투박한 구두 소리를 내며 잡화점을 나섰다.

　오랜 시간이 지난 만큼 충분히 흐려져 버린 어린 시절의 그의 모습과 불과 몇 시간 전의 그의 모습이 뒤엉켜 자꾸만 머릿속에 일렁거렸다. 세세한 부분은 기억나지 않더라도 부드럽고 활기차던 예전의 분위기는 온데간데없이 사막의 밤처럼 차갑고 건조해져 버린 그의 행색에 나는 적잖이 충격을 받아버린 것 같았다. 어쩌면 그가 보는 나도 비슷하게 저물어버린 건 아닐까 하는 생각도 한 편에 스멀거린다. 건조하게 잠들어가는 우리에 대해 생각하며 그날은 그렇게 하루를 흘려보냈다.

　오늘 밤도 폭풍이 올 것 같다.

　차양막 아래 얇게 패인 그늘에서 지글거리는 태양을 모로 보며 생각했다. 여기저기 가리지 않고 사방을 뜨겁게 쪼아대는 볕을 보고 있자니 왜인지 속에서 반항심이 끓어 나는 모로 보고 있던 태양을 정면으로 마주해버렸다. 수 초가 지났을까, 강한 볕 속에 한낱 연약한 사람의 눈으로 해를 쳐다보고 있었던 탓인지 슬쩍 눈물이 고이고 말았다. 오늘은 문 닫기 전에 차양막을 걷어야겠다 하고는 눈물을 훔치며 도로 잡화점 안으로 들어갔다. 뜨문뜨문 손님들이 오갔던 하루. 뜨거운 열기가 가실 무렵, 하늘엔 분홍빛이 돌기 시작하고 잡화점 뒤쪽 짙은 하늘부터 어둠이 내리기 시작했다. 슬슬 문 닫을 준비를 해야겠다 싶어 자리에서 일어나자 도어벨이 딸랑, 하고 울린다.

며칠 전 봤던 모습과는 다르게 깔끔히 정돈된 머리카락과 한껏 가벼워진 복장을 한 여자가 잡화점 문을 열곤 빠끔 쳐다보며 말한다.

"아직 낙타 우유 남은 것 있나요?"

반나절 동안 차가운 냉장고에 들어 있던 낙타 우유를 건네받은 여자는 그 자리에서 꿀꺽 소리가 나도록 몇 모금을 마셨다. 나는 갑작스레 찾아온, 그토록 기다렸던 인물의 등장에 물끄러미 그녀의 옆얼굴만을 쳐다볼 뿐이었다. 우유를 쉬지 않고 들이켜던 여자는 병의 바닥이 보이자 카운터에 병을 소리 나게 내려두며 손등으로 입가를 닦는다. 그러더니 참았던 숨을 후, 하고 내쉬더니 바지 주머니를 뒤적거리길래 나는 어차피 남은 물건이에요, 하며 값을 지불하려는 여자에게 가볍게 손사래 쳤다.

"오늘 모래 폭풍이 지나가고, 내일 새벽에 출발할 예정이에요."

이미 한참 전에 다 마신 빈 병을 만지작거리며 카운터 앞에서 잡화를 구경하며 얼쩡거리던 여자가 결심한 듯 별안간 의미심장한 말을 한다. 그런 그녀에 나는 그 의중을 파악해보려 얼굴을 빤히 쳐다보았지만, 그녀는 그런 내 표정이 그저 우스꽝스러웠는지 작게 깔깔거리다가 짓궂은 표정으로 나를 쳐다보며 말했다.

"당신도 사실 사막에 관심이 있죠?"

잘 벼려진 화살촉처럼 내 깊은 마음속까지 꿰뚫어보는 듯한 여자의 발언에 나는 그만 말을 더듬으며 바보같이 굴어버렸다. 이리 와 봐요, 하며 여자는 내 손목을 잡아 잡화점 밖으로 이끌었다. 해가 완전히 진 도시는 제법 쌀랑했지만, 여자는 아랑곳하지 않고 잡아끌던 내 손목을 놓아주고는 손을 뻗어 하늘 어딘가를 가리키며 저쪽 하늘을 봐요, 한다.

"저 별을 따라가면 내가 말했던 남쪽 오아시스에 다다를 수 있어요."

우거진 별들의 숲속 사이로 여자의 손끝이 가리키는 별은 다른 별들과는 다르게 약간 녹색 빛이 도는 것 같았다.

"사막은 모래 폭풍이 지나간 뒤에 진입할 수 있어요."

그편이 생존 확률이 더 높거든요, 하며 여자는 얼핏 발랄해 보이지만 자조적인 웃음을 섞으며 덧붙였다.

"그리고, 이거."

여자는 내게 동전 크기의 은색 나침반을 건넸다. 그러더니 아까 우유의 보답이에요, 하며 씩 웃는다.

폭포수처럼 들어오는 신비롭고 낯선 정보들과 더 이상 내 의지대로 흘러가지 않는 듯한 상황에 얼이 빠져있던 내게 작은 나침반을 건네준 여자는 이제 할 만큼

했다는 듯 자리를 뜨려 했다. 나는 떠나려는 여자를 급하게 붙잡고 물었다.

"도시에서 남쪽 오아시스까지는 얼마나 걸리나요?"

물어볼 것은 많았지만 내일 당장 떠나야 한다는 여자를 잡고 모든 것을 물어보기엔 시간이 촉박했다. 나는 여자가 떠나간 거리를 눈으로 좇으며 나침반을 꼭 감싸 쥐고는 결심했다. 도시를 떠나보기로.

귓바퀴에 빙글거리는 모래 참새 소리와 바람에 휘날리는 모래알 소리가 유난히 크다. 가려진 커튼 사이로 슬쩍 살펴본 바깥은 온통 뿌연 연기의 세상이었다. 나는 걷었던 커튼을 도로 치며 다시 짐가방을 꾸렸다. 잡화점에서 몇 병 챙겨온 샘물들, 상할 수 있으니 우유는 조금만. 말린 선인장과 육포 그리고 작은 칼, 챙이 넓은 모자와 옷장 속에 몇 년은 걸려있던 긴 소매의 겉옷까지. 완전히 만족스럽지는 않더라도 준비를 끝마쳤다는 기분에 은근히 가지고 있던 긴장감이 다소 흐려지는 느낌을 받았다. 남쪽 오아시스만 보고 오는 거야. 나는 그렇게 되뇌며 잠시 눈을 붙였다. 눈이 떠진 시간은 자글거리던 폭풍의 소리가 잦아진 지 오래인 여명이 밝아오는 시간이었다. 생각보다 늦어진 시간에 화들짝 놀라며 깬 나는 얼른 문 앞에 챙겨 둔 가방을 둘러메고 운동화 끈을 묶고 박차듯이 집을 나섰다. 정확하진 않지만, 어젯밤 여자가 떠나간 방향으로 무작정 걸었다. 근거는 없어도 왠지 그 방향으로 도시를 떠나면 될 것 같았다. 마침 은색 나침반도 남쪽을 가리키고 있었다.

잡화점에 출근하던 평소보다도 훨씬 이른 시간에 나왔다고 생각했지만, 태양이 중천에 가까워지는 시간에도 아직 도시를 벗어나지 못해 조바심이 났다. 그래도 도시를 에워싸고 있던 회색 건물은 어느새 내 뒤편에 자리하고 있으니 괜찮겠지 하는 생각에 그래, 이쯤이 외곽이야, 하며 마음속 일렁이기 시작하는 불안을 억지로 잠재워 가며 걸어갔다. 막상 도시를 떠나기로 하니 평생을 도시에서 살았는데도 이곳을 제대로 모르고 있었다는 사실이 여실히 보여 쓸쓸한 기분이 들었다.

사막의 밤하늘은 도시에서 보던 밤하늘과는 사뭇 달랐다.

태양이 지평선 아래로 기울어질 때쯤, 나는 알지는 못해도 사막에 막 도달한 느낌을 받았다. 아슬아슬하게 길을 잇고 있던 아스팔트 도로가 모래와 뒤엉켜 있는 마지막 지점. 그곳은 사막의 입구와도 같았다. 지치기도 했을 뿐더러 해가 지고 도시를 벗어나니 확실히 쌀쌀해진 기온에 나는 챙겨온 겉옷을 꺼내 입으며 모래 언덕에 잠시 앉았다. 달빛을 받은 모래알들과 잔뜩 뿌려진 별들에 천지가 반짝이고 무엇 하나 하늘을 가리는 게 없는 사막의 밤. 반나절의 고생은 뒤로하고 그 고요한 황홀감을 잠시 만끽했다.

　내가 도시의 보호를 받고 있었다는 걸 깨달은 것은 사막에 들어선 지 얼마 되지 않았을 때이다. 호기롭게 입성한 사막 탐험 길은 상상보다 더 녹록지 않았다. 딴에는 머리를 쓴다고 상할 것을 염두에 둬서 조금만 가져온 우유조차도 이미 상해서 입에 대지도 못하고 버린 지 오래. 힘들 때마다 무작정 먹어 치워 버린 육포 덕에 같이 바닥을 보이는 물, 뜨거운 태양 빛과 식량이 동나고 있다는 불안이 어깨를 무겁게 짓눌렀다. 남쪽에 있다던 오아시스는 보일 것 같지 않았고, 언젠간 한 번은 신기루를 보고 마구잡이로 달려갔다가 낭패를 본 적도 있었다. 이마에 맺힌 땀을 닦으며 눈에 보이는 가장 높은 모래 언덕 위에 올라 눈을 가늘게 뜨고 열기에 이글거리는 지평선을 바라보았다. 헐떡이던 숨이 차분해질 때까지 가만히 바라보고 있으니 자글자글한 시야에 둥그런 덩어리가 하나 보이기 시작했다. 저게 뭘까, 하는 순수한 호기심보다도 이제는 먹을 수 있는 걸까? 하는 희망 섞인 기도가 되어버린 처지가 고달프다. 모자를 고쳐 쓰고는 언덕을 미끄러지듯 내려와 무언의 덩어리로 슬그머니 다가가 본다. 가까워지자 더 선명해지는 윤곽에 가슴이 두근거림을 느낀다. 저것이 실재하는구나! 나도 모르게 거칠어지는 숨결과 미끄러운 모래 탓에 넘어질 듯 말 듯한 자세로 뛰어갔다. 가까워지는 덩어리는 어떤 낡은 배낭이었기 때문에 유의미한 물체의 정체에 나는 더 기대하게 되었다. 초조한 손길로 배낭의 낡은 버클을 풀고 있는데 왠지 묘한 기시감이 든다. 이거, 전에도 본 것 같은데. 조급하던 손길이 태엽이 다 된 장난감처럼 서서히 멈추었다. 여자의 배낭이다. 더위 때문인지 당혹감 때문인지 모를 땀이 등줄기를 타고 차갑게 흘러내렸다.

다행스럽게도 여자의 배낭은 내 것보다도 훨씬 야무지게 꾸려져 있었다. 덕분에 배낭 앞주머니에 들어있던 부싯돌로 사막에 들어오고 나서 처음으로 고생하지 않고 편하게 불을 피워 볼 수 있었다. 낮에 배낭을 발견하고는 혹여나 근처에 여자가 있을까 싶어 지치는 줄도 모른 채 주변을 뱅뱅 돌며 찾아 헤맸지만, 그 고생이 무색하게도 여자의 흔적은 쥐뿔도 찾을 수 없었다. 마치 도시에 휘몰아치던 모래 폭풍과 함께 사라진 것처럼. 타닥거리며 타고 있는 모닥불을 보며 여러 생각에 잠긴다.

여자는 어디로 갔는지, 혹시 나쁜 일을 당한 건 아닌지, 질문의 꼬리를 물다 보니 내가 왜 사막을 모험하겠다는 선택을 했는지까지 의구심이 든다. 일렁이는 불빛과 같이 답은 나오지 않고 약을 올리듯 고개만 살랑거리는 여러 가지 생각들 따위가 머릿속을 헤집고 다닌다. 나는 사실 도시가 싫었던 걸까. 머리 위의 까만 밤과 함께 잠기는 눈꺼풀을 서서히 끔벅이며 생각했다. 잠결인지 일렁이는 불빛 너머로 저 멀리 반짝이는 무언가가 포착된다. 저게 남쪽 오아시스였으면 좋겠는데. 하는 덧없는 생각을 하며 잠에 굴복할 때쯤. 불현듯 돋아나는 생각에 눈이 번쩍 떠진다. 저게 남쪽 오아시스일 수도 있지 않을까. 기울어지던 고개를 번쩍 쳐들고 모닥불 너머의 지평선을 지긋이 바라보았다. 은근히 반짝이는 게 꼭 수면이 보이는 것도 같았다. 마구잡이로 방망이질하는 심장에 아니라고, 저것도 신기루일 수 있다. 하고는 차분한 마음을 억지로 상기시키면서 짐을 쌌다. 하지만 밤의 사막엔 신기루가 있을 리가 없지 않은가? 가파른 모래 언덕을 썰매를 타듯 구르며 내려갔다. 고동치는 심장과 더불어 조급해지는 마음을 걸음이 영 따라잡지 못하는 것 같아 답답하다. 나의 시선은 오로지 저 앞의 오아시스에 가득 맺혀있다. 가까워지는 오아시스가 점차 자신을 보여주기 시작한다. 물가로 시원하게 자라난 몇 그루의 야자수들과 여자의 말이 사실이라는 것을 증명하듯 오아시스를 가득 감싸 안은 푸르른 민트 군락지. 지난 십여 일의 고생이 모두 보답 받듯 눈앞엔 아찔하고도 아득한 절경이 펼쳐졌다. 정강이를 간질이는 잘 자란 샛초록의 민트들을 두 손 가득 만져본다. 한가득 밀려오는 청량한 향기와 까슬거리는 감촉에 그만 기운이 빠지며 느긋한 생각이 들고 만다. 한숨 가득 시원한 풀내음을 들이키고는 그대로 자빠지듯 누워버렸다. 여독이 점령해버린 무거운 나의 몸은 털썩 하는 가벼운 충격에 아랑곳하지 않는다. 어두운 하늘엔 이만 기울어져 가는 달이 둥실 떠 있다.

그 여자도 이 풍경을 봤겠지.

적막함에 나도 모르게 뱉어낸 마음은 금방 허공으로 흩어 없어졌다. 눈을 감고 다시금 크게 숨을 들이켜본다. 복부 깊은 곳까지 스미는 상쾌함에 기분이 좋아진다. 잡화점의 냄새도 이렇게 좋았던가. 왜인지 도시의 생활이 아득히 멀게 느껴진다.

"다시 뵙네요."

까무룩 잠이 들뻔한 나를 깨운 것은 의외의 인물이었다. 어디 하나 다친 곳 없이 깔끔한 모습의 여자는 우려했던 것과 달리 오아시스 건너에서 밝은 표정으로 내게 소리쳤다. 여자의 등장에 소스라치게 놀란 나는 어정쩡하게 몸을 일으켜 여자를 바라봤다. 여자도 묘하게 기운 없는 태도로 그런 나를 가만히 바라보며 미소 짓고 있을 뿐이고, 나도 어떤 말부터 해야 할지 갈피가 잡히질 않아 서로 애매한 공기만 주고받고 있을 때였다. 여자가 조금 망설이는가 싶더니 사뿐히 물가를 돌아 내게 다가왔다.

"제 가방 주우셨죠?"

여자가 앉아 있던 내게 손을 내밀며, 이제는 초록이

무성한 내가 지나온 길 어딘가를 슬쩍 바라보며 운을 띄웠다. 그에 나는 여자의 손을 붙들고 일어섰고, 조심스레 그녀의 표정을 살피며 끄덕였다. 다시 어두운 사막 어딘가를 응시하던 여자는 한동안 무엇을 생각하는지 말이 없었다. 어색한 기류에 하찮게 꼬물거리던 내가 참지 못하고 말했다.

"덕분에 오아시스까지 올 수 있었어요."

비록 말에 자신감은 없었지만, 진심을 담았다. 이 말 때문인지 여자는 응시하던 시선을 거두고 나를 마주 보며 일전의 개구쟁이 표정을 하고는 신나게 웃었다. 처음엔 여자의 웃음에 당황했지만, 편안하고 유쾌한 웃음소리를 듣자 하니 점차 나까지 즐거운 마음이 들어 달빛을 가운데 둔 우리는 그렇게 한동안을 소리 내어 웃었다. 그런데 왜인지 웃으면 웃을수록 잠도 같이 쏟아져 내렸다. 입꼬리는 한껏 올라가 있고, 마음도 이리 즐거운데 눈꺼풀만큼은 내 멋대로 되지를 않았다. 마주하던 여자가 당황한 기색도 없이 픽 쓰러진 나를 보고는 자기 무릎에 머리를 뉘어주며 사뭇 진지하게 읊조린다. 다시 도시로 돌아갈 건가요?

잠시 잠이 든 건지 화들짝 놀라며 깼다. 아직 주위는 어둡다. 손에 집히는 이파리들이 차갑다. 이질적으로 고요한 주위에 나는 고개를 둘러 여자를 찾아봤지만, 그녀는 내가 잠든 그 찰나에 흔적도 없이 사라진 모양이었다. 다시 도시에 돌아갈 거냐고? 그건 왜 물어본 건지. 답이 정해진 질문이라고 생각하던 차에 멈칫하며 망설이는 나를 발견했다. 돌아가서 다시 도시의 삶에 만족할 수 있을지, 내가 진정으로 바라는 것을 도시에서 찾을 수 있을지가. 무엇을 찾는지도 모른 채, 그저 정처 없이 풀밭을 더듬거리던 오른손에 여자의 은색 나침반이 쥐어진다. 마치 대답을 종용하는 것처럼.

응원이 되고 새로운 꿈을 꾸게 할 이야기를

세상 어딘가에는 이런 이야기도 있지 않을까? 하며 방 안에서 조금씩 써내려가던 글이 드디어 마침표를 찍었습니다. 사회인으로서의 성장을 앞두고 한창 방황했던 무렵, 저는 책 속의 세상에서 많은 위로를 받았습니다. 상상 속에만 있을 것 같은 이야기들, 그리고 실재했던 신비한 이야기들. 그렇게 마음에 조금씩 스민 빗방울들이 이렇게 소중한 새싹을 틔우게 할 줄은 몰랐네요. 저는 지금 직장인으로서, 개발자로서의 정체성을 가지고 있지만, 항상 마음 한구석에는 이야기를 쓰는 사람이라는 정체성 또한 가지고 있었습니다. 휴일의 고요한 방 안이나 출근길 버스 안에서 재밌고 흥미로운 생각이 떠오르면 잠시라도 시간을 내어 글로 옮겨보곤 했습니다. 이처럼 혼자서 소중히 간직하고 있던 작은 불씨에 잘 마른 장작을 던져준 이 기회에 진심 어린 감사 인사를 드리고 싶습니다. 힘든 시기에 제가 책장 속을 유영하며 얻은 위로와 힘만큼, 저 또한 앞으로 누군가의 응원이 되고 새로운 꿈을 꿀 수 있게 하는 이야기들을 써내고 싶습니다.

 끝으로 항상 당근과 채찍으로 올바른 한 사람의 몫을
할 수 있게끔 도와준 우리 가족들과, 부족한 글임에도
좋게 평가해주신 투데이신문과 한국문화콘텐츠21에 감
사한 마음을 전합니다.

가상의 공간을 묘사의 힘으로 살려내

예심을 거쳐 올라온 9편의 작품을 찬찬히 읽었다. '직장인신춘문예'답게 자신의 직장을 소재로 한 작품도 많았고, 뜻밖의 상상력을 펼쳐 보이는 작품도 절반가량 되는 듯하다.

예심을 통과한 9편 가운데 「엄마 면허」, 「마임」, 「아감뼈로 흐르는 섬」, 「망치질을 멈추지 마」, 「사막의 민트」 5편을 골라냈다.

「엄마 면허」는 수십 년 후 인구 절벽 시대에 아이를 낳는 사람과 아이를 낳지 않은 사람의 수명을 인위적으로 조절하는 이야기로 발상은 재미있지만, 이야기를 재미있게 이끌지 못했다. 「마임」도 작가는 인물들 간의 관계 설정에 애를 쓰지만, 작가가 애쓰는 만큼 인물들의 고민이 썩 와 닿지 않는다. 「아감뼈로 흐르는 섬」은 문장이 퍽 안정되어 있고, 상황묘사가 돋보이는 부분이 많으나 궁극적으로 남녀 인물의 캐릭터도 불분명하고 이들의 고민이 무엇인지도 제대로 드러나지 않았다. 작가가 다 그리지 않은 이들의 현실적 고민을 독자들이 미루어 짐작해 주길 바라는 듯한 모습이다.

끝까지 남은 두 작품 가운데「망치질을 멈추지 마」는 불안정한 직장과 불안정한 미래에 대한 고민이 잘 드러나 있다. 이야기를 이끄는 문장의 힘에 대해서도 신뢰를 준다. 후반부에 해머링 맨의 등장도 이 작가의 솜씨를 짐작케 한다. 그러나 작품 전체적으로 인물의 등장 패턴이 갑자기 나오는 듯한 느낌이며, 소설을 다 읽고 났을 때 남는 것이 손에 닿으면 금방 녹고 말 함박눈 같은 희망이면 곤란하지 않겠는가.

「사막의 민트」는 제목 그대로 사막에 둘러싸인 도시를 배경으로 한다. 이제까지 사막을 건너간 사람은 없어도 어느 날 사막을 건너온 사람이 있다. 이런 가상의 도시에서 실패의 두려움을 안고 사막을 건너가는 사람의 이야기가 실제 그런 사람의 활동사진을 보듯 매우 세밀하게 펼쳐진다. 온통 모래뿐인 가상의 공간을 묘사의 힘으로 배경을 채우고, 묘사의 힘으로 사막을 건너는 자의 설렘과 긴장감을 살려낸다. 심리에서도 배경에서도 끈질기고 탁월한 묘사의 힘을 보여주는 작품이다. 소재의 특별함도 돋보인다. 이 작품을 당선작으로 올린다.

문학의 길은 길다. 당선자도 낙선자도 부디 정진하시길 바란다.

— **심사위원** : 이순원 소설가

바림, 스며들다

김정화

양홍에 수감을 섞어 붓끝에 찍는다. 소복한 꽃잎 안쪽, 검붉은 물감이 미리 내놓은 물길을 따라 번진다. 적당한 수분을 머금은 바림붓이 부드럽고 섬세한 움직임으로 물감의 번짐을 돕는다. 서서히 농도를 달리한 색들이 꽃잎에 스민다.

온 세상을 집어삼킨 코로나바이러스는 병상에 누운 어머니의 의지를 꺾어버렸다. 면회가 금지되고 주말마다 찾아오던 자식들을 보지 못하게 되자 시름시름 앓다 급기야 식사를 거부했다. 자식들에게 부담 주기 싫다고 스스로 요양병원 입원을 결정할 정도로 강단 있던 분이었다. 영양주사를 투여하며 적절한 조치를 해야 하는 상황이었지만 면회는 여전히 불가능했다.

엎친 데 덮친 격으로, 홀로 계신 시어머니가 마당으로 나뒹굴어 다쳤다는 연락이 왔다. 얼굴이 긁히고, 정강이는 살갗이 벗겨져 피가 엉겼다. 온몸에 타박상을 입어

몸살을 앓았다. 연로해서 종종걸음으로 발을 끌다시피 하더니 한 뼘도 되지 않는 문턱에 걸려 엎어진 모양이었다. 주변의 우려가 있었지만, 아흔이 넘은 어머니들의 상황을 고려해 퇴직을 결정했다. 서둘러 요양보호사 자격증을 취득하고 집 근처에 빌라를 마련하여 어머니들을 모셨다.

어설프긴 해도 혼자서 자족했던 시어머니는 이사를 오자 다른 모습을 보였다. 며느리를 수하 부리듯 하는 꼬장꼬장한 옛 시어머니 모습을 드러냈다. 낯선 환경에 적응하기 힘들어 그런 건가 했는데 가만히 보니 시어머니 유세였다. 체면을 내세우면서도 집주인 행세를 하면서 친정어머니를 손님 취급했다. 매사에 주도권을 가지려 했으며, 그것이 당연한 것처럼 말하고 행동했다. 원만한 합가를 위해 대화를 시도했으나 철옹성이었다.

친정어머니도 질세라, 경계를 확실히 하면서 사돈이 원하는 겸상을 거절했다. 젓가락 사용이 힘들어 손으로 반찬을 집는 모습을 보이는 것이 싫기도 했지만 무엇보다 우위를 점하려는 시어머니의 속내를 감지한 듯 여지를 주지 않았다. 걷지 못하는 친정어머니는 자신의 영역에 울타리를 치고 적당한 거리를 두었다. 가끔 방문 앞을 기웃거리는 사돈을 향해 잠깐 손을 흔들어 주는 게 고작이었다. 그나마도 시어머니는 '가라'는 뜻으로 받아들여 서운하게 생각했다.

서로를 배려하는 타협은 불가능한 듯 보였다. 평생을 다른 환경, 다른 가치관으로 살아온 어머니들이다. 자식을 나누면서 사돈지간이 되었지만 교류는 없었다. 매사에 자신만의 방식을 고집하면서 상대방의 일상에도 관여하려는 시어머니와 오롯이 자신을 지키려는 친정어머니 사이에, 이제는 모든 걸 내려놓고 자식에게 의지하기를 바라는 내가 끼었다. 얼마간의 탐색전이 끝나자 갈등은 점점 깊어갔다.

오후에 다른 대상자 한 분을 더 보살피고 있었기에 어머니들의 갈등은 나를 더욱 힘들게 했다. 마음속 번뇌를 다스리는 데 도움이 될 거라며 친구가 함께 민화 그리기를 청했다. 화구를 펼치니 방안 가득 묵향이 퍼졌다. 답답하던 숨통이 열리는 듯했다. 가느다란 선을 그어 도안을 완성했다. 그윽한 먹 내음에 마음이 안정되고 숨죽인 붓질에 온 정신이 모였다. 종이를 마르고, 도안을 그리고, 그 위에 물감을 얹는 과정을 통해 그림은 완성된다. 과정과 과정 사이에 충분한 기다림이 있고, 어느 한 과정이라도 어긋나면 낙관의 순간을 얻을 수 없다.

붉은 물감에 군청색을 살짝 찍어 더하자 물감은 검붉게 변했다. 빨간 바탕의 꽃잎 안쪽에 물을 바르고 검붉은 물감을 선 안쪽에 얹었다. 물길을 따라 자연스러운 번짐이 이루어져야 하는데 생각보다 쉽지 않았다. 그림에 입체감을 주기 위한 바림은 만만한 것이 아니었다.

붓질을 반복하다 보니 종이가 닳아 구멍이 날 지경이었다. 꽃 한 송이를 붙잡고 진땀을 흘렸다. 바림은 부단한 노력과 인내와 기다림이었다. 거기에 미리 안배된 물의 양이나 붓을 다루는 섬세함, 번져가야 할 방향을 제대로 맞추는 작업이 필요했다.

한밤중, 전화벨 소리에 깜짝 놀라 일어났다. 집에 도둑이 든 것 같으니 빨리 건너오라는 시어머니 전화였다. 놀란 마음에 잠옷 바람으로 외투만 걸치고 뛰어갔다. 현관을 열자 두 어머니는 지팡이를 하나씩 들고 서로를 의지한 채 욕실 문 앞에 쪼그리고 앉아 있었다. 두려움과 긴장감이 가득한 표정으로, 도둑을 욕실로 몰아넣었으니 빨리 잡으라고 성화였다. 사돈이 자는 방에 도둑이 침범하려는 걸 보고 어머니는 지팡이를 휘두르며 뛰어들었다. 혼자서는 한 걸음도 떼지 못하는 상태였는데, 거실을 가로질러 사돈 방까지 무슨 수로 이동했는지 알 수가 없었다.

까딱하면 꽃잎이 시커멓게 변할 태세였다. 물을 더해 조심스레 물감을 걷어냈다. 종이가 상할까 봐 가슴이 조렸다. 마르기를 기다렸다가 물을 더하고 다시 조심스레 물감을 올렸다. 스며들 듯 번져가는 붉은빛에 꽃잎은 조금씩 생기가 돌았다. 한 지붕 아래 산다고 하루아침에 온전한 가족이 될 수는 없다. 아무리 바빠도 바늘허리에 실을 꿸 수는 없지 않은가. 백 년 가까운 세월을 각자의 방식으로 살아온 어머니들이 아닌가. 상대방에 대한 애정과 충분한 이해가 시나브로 스며들어야 가능한 일이었다.

친정어머니의 증상은 섬망이었다. 어지럼증으로 처방받은 약이 문제가 된 것 같았다. 정신이 혼미한 중에도 사돈을 구하기 위해 불가사의한 힘을 낸 것이다. 경계하고 외면하면서도 마음을 닫은 것은 아니었나 보았다. 그 뒤로 바람이 찬 날이면 시어머니는 말없이 사돈 방문을 닫아주고, 더운 날이면 선풍기 바람을 넣어주기도 했다. 두 색의 물감이 한지에 스며들어 또 다른 색을 만들 듯, 두 어머니의 마음도 서로를 향해 천천히 열리기 시작한 것일까.

자정이 지날 무렵, 모란 꽃송이가 피기 시작했다. 무수한 시행착오를 겪고서야 제대로 바림된 꽃잎이다. 힘없이 널브러졌던 잎들이 꽃대와 연결되어 복스러운 꽃송이를 만들었다. 깊이 스며들어 그늘을 만들고 밖으로 이어져 바람에 하늘거리는 듯하다. 단단히 목질화된 가지가 꽃대를 다잡고 넓적한 이파리는 꽃송이를 떠받친다. 삼경이 지난 깊은 어둠 속으로 은은한 모란 향기가 번져간다.

금단의 영역으로 들어선 느낌

햇살 좋은 봄날, 만발한 매화나무 아래서 꿈에도 생각하지 못한 '당선' 소식을 들었습니다. 아찔한 꽃향기에도 무덤덤하던 심장이 쿵쾅대기 시작하더군요. 까마득히 잊었던 떨림, 그 설렘이 아지랑이처럼 피어올랐습니다.

늦은 나이에, 오랜 꿈이었던 글쓰기를 시작했지만, 늘 한 발 건너에서 바라보는 느낌이었습니다. 공부할수록 부족함만 확인하게 되는 현실에 힘이 빠졌습니다. 울타리 안으로 들어서지도 못하고 미련 없이 돌아서지도 못하는 모습이 한심하기도 했지요. 봄 편지 같은 소식 하나에 성큼 금단의 영역 안으로 들어선 느낌입니다.

그림은, 흰 종이에 하나의 색이 또렷하게 드러날 수도 있지만 여러 가지 색들이 서로에게 스며들어 완성되기도 합니다. 저는 후자에 마음이 더 끌립니다. 수필도 마찬가지로 쓰는 이의 마음이 독자에게 오롯이 스며들기를 바라는 데서 비롯된다고 생각합니다. 읽는 사람의 마음이 따뜻해지고, 힘든 세상살이에 작은 위안이 되어주는 그런 글을 쓸 수 있기를 소망합니다.

열 손가락에 꽃물을 들이고 활짝 웃던 어머니들이 떠오릅니다. 친정엄마는 올봄을 하늘나라에서 맞이하겠네요. 두 어머니를 모시고자 직업을 바꾸었습니다만, 마음만 앞서 실수 연발이었지요. 사돈지간의 합가가 마냥 쉬운 것은 아닐 텐데 자식 걱정에 두말없이 따라주신 마음을 뒤늦게야 짐작해 봅니다. 어설프고 부족하여 돌보는게 아니라 늘 걱정만 끼쳤다는 생각에 마음이 아립니다. 당선의 영광은 글감을 주신 어머니들께 바칩니다.

글공부하면서 만나게 된 인연들의 진심 어린 조언과 응원도 큰 힘이 되었습니다. 함께 공부하자며 손을 내밀어 주신 '윤슬 수필' 문우님들과 정성으로 지도해 주신 선생님께 감사드립니다. 엄마의 늦은 공부에 컴퓨터를 마련해준 아들과 매번 첫 독자가 되어 조심스럽게 평을 해 준 딸, 자판 앞에서 머리를 싸매느라 미뤄둔 설거지를 대신하며 소리 없는 응원을 보낸 남편에게 고마운 마음을 전합니다.

부족한 글, 예쁘게 봐주시고 다시 힘을 내어 꿈을 이

어갈 수 있게 해 주신 심사위원님과 투데이신문에 깊은 감사를 드립니다. 더 좋은 글로 보답할 수 있도록 노력하겠습니다.

은은한 모란 향기가 번져가게 하는 형상화

이번 제9회 투데이신문 직장인신춘문예에 응모된 수필 작품은 152편이었다. 아직도 많은 응모작들이 정확히 수필이 어떤 건지를 모르고 적당히 짧으면서 시보다는 긴 글, 내 이야기 중심 정도로 생각하고 쓴 글이었다. 문학성 높은 수필이 어려운 것은 공감할 수 있는 서사, 깊이 있는 사유, 주제를 의미화하는 형상화의 힘이 있어야 하기 때문이다. 수필은 분명한 기승전결의 구성을 가지면서 문장력(표현력)을 통해 가독성을 확보하지 못하면 한 줄도 읽히지 않는다. 맛과 멋까지 강조되는 수필이 어려운 이유다. 예심을 거쳐 본심에 올라온 10편 중 세 편이 마지막까지 남았다. 「바림, 스며들다」, 「그날」, 「윤희에게」이다.

「그날」은 수필적 서사 곧 이야기를 끌어가는 힘은 좋은데 '그날'의 시점 설정이 모호하고, 오탈자도 여럿 보였다. 제출되는 원고는 최대한 완벽해야 한다. 「윤희에게」는 영화 얘기를 자신의 이야기처럼 들려준다. 다루기 힘든 주제인데도 '삶과 외로움을 통째로 앓고 있는 세상의 모든 윤희들에게'라며 선택에 공감한다. 하지만 내가 공감하는 것이 아니라 수필은 나에게 공감케 해야 한다.

「바림, 스며들다」에서 작자는 화선지 속에서 농도를 달리한 물감이 꽃잎으로 스며드는 걸 본다. 그리고 결코 타협할 수 없을 것 같았던 아흔이 넘은 친정어머니와 시어머니가 어느 한순간을 통해 서로에게 스며드는 걸 보여준다. 스며드는 것은 양보이고 포용이고 화해다. 나를 버려야 스며듦이 받아들여진다. 서로 다른 환경에서 자란 두 분이 '자식을 나누면서 사돈지간이 되었지만 교류는 없었다'가 의미하는 것, 두 색의 물감이 한지에 스며들 듯 두 어머니의 마음이 열리고 '자정이 지날 무렵, 모란 꽃송이가 피기 시작했다'로 의미화했다. 은은한 모란 향기가 번져가게 하는 형상화로 완성도를 높인 좋은 수필이다. 이에 「바림, 스며들다」(김정화)를 기쁜 마음으로 당선작으로 선하게 되었다. 당선 작가에겐 축하를, 선에 못 든 분들은 다음의 기회를 기다려 본다.

　— **심사위원** : 최원현 수필가

2025년
제10회 투데이신문 직장인신춘문예
당선작

시 부문 당선
박종민
충남 보령 출생.
한국 외국어 대학교 졸업.
을지손해사정 근무.

소설 부문 당선
김태성
강원도 영월 출생.
스타에프엔비 소속 제천 '골든브릿지 친
구가 있는집' 요양원 영양사로 근무 중.

수필 부문 당선
우동섭
경남 양산 출생.
부산대학교 사회복지학과 졸업.
한국장애인고용공단 울산발달장애인훈
련센터 근무.

2025년 제10회 투데이신문 직장인신춘문예

다양한 직업군의 세심한 글쓰기

투데이신문이 주최하고 한국문화콘텐츠21이 주관하는 제10회 투데이신문 직장인신춘문예 당선작을 결정했다. 이번 회는 응모 편수가 많아 심사 과정이 여느 때보다 힘들었다. 시 160명 610편, 단편소설 141명 153편, 수필 71명 143편이니, 예년에 비해 거의 1.5배 수준이다. 직장인들의 문학에 대한 열의가 그만큼 높다는 뜻이겠다.

투고자들의 직업도 더욱 다양했다. 교사나 강사, 대학교수 등 교육계 종사자들이 여전히 관심이 높았고 의사, 약사, 간호사, 간호조무사, 요양보호사 등 의약업 계통, 연구원이나 학예사, 변호사, 회계사, 목사 등 전문직종도 꾸준했다. 그 외 일반 공무원이나 회사원, 교직원, 소방관, 경찰관, 사서, 은행원, 편집자, 개발자, 프리랜서 등을 비롯, 손해사정사, 지하철보안관, 쇼호스트, 감정평가사, 마케터, 활동지원사, 바리스타, 콜센터상담사, 항공정비사, 연주자, 스튜어디스, 뷰티스타일리스트 등 남다른 직종이 줄을 이었다.

이들 가운데는 정규직도 있고 비정규직도 있으며, 소득 계층도 여러 층이다. 어떤 경우든 직업의 현장에서 일하는 틈틈이 문학의 끈을 놓지 않고 있다가 기회를 마다하지 않고 응모까지 해 준 데 고마움을 전한다. 다만 '직장인'을 대상으로 한다고 해서 작품 내용에 반드시 직장생활을 반영하는가에 대해서는 지나치게 매달릴 일은 아니라고 본다. 다수의 작품에서 체화되지 않은 직장 체험이 억지스럽게 남아 있었음도 지적해 둔다.

심사는 예년대로 예심과 본심으로 나누어 진행했다. 예심은 이 행사를 주관하는 한국문화콘텐츠21의 운영위원을 포함해 여러 저명 작가가 맡았다(시 : 김흥기 · 최대순 시인, 단편소설 : 오은주, 배석봉 소설가, 수필 : 최지안 수필가, 박애경 칼럼니스트). 본심은 박덕규 시인 · 문학평론가, 구효서 소설가, 권남희 수필가가 각각 시 · 단편소설 · 수필 부문을 맡아 수고했다. 예심 과정부터 전반적으로 높아진 수준을 확인했고, 본심에서도 숙고를 거듭해야 했다.

시 부문 당선작은 박종민의 「검은 가방 - 보험조사원」으로 결정했다. 보험 감정과 조사 등을 주업무로 하는 보험조사원의 임무를 '검은 가방'으로 집약해 대상을 감정 없이 부각하는 냉철함을 유지하면서 현실의 삶을 추리해서 읽게 하는 묘미를 느끼게 한 것이 큰 장점이었다. 단편소설 부문 당선작은 김태성의 「상실」로 결정했다. 아내의 실종으로 서사적 긴장 효과를 높인 것, 네팔에서 온 짧은 메시지 하나로 빛낸 노련한 트릭, 그리고 두 여성 사이의 갈등에서 얻은 존재론적 성찰 등이 빛난 것으로 평가되었다. 수필 부문은 우동섭의 「섶」을 당선작으로 뽑았다. 오이, 고추 등 농작물의 지지대 역할을 하며 자신을 드러내지 않다가 불쏘시개가 되는 섶을 통해 인생을 은유적으로 표현한 것이 수필 쓰기의 전형을 보였다는 평가를 이끌었다. 당선을 축하드린다.

이 신춘문예는 2024년 11월 1일부터 2025년 1월 31일까지 작품을 접수해 2월 24일 심사를 완료했다.

— 심사위원회

검은 가방 — 보험조사원

박종민

그의 가방 속은
시한폭탄으로 가득하다.

순서를 기다리는 폭탄들.
어제는 배달음식을 먹고 식중독이 난 사고가
오늘은 반려견이 지나가는 사람을 문 사고가 있었다.
한 달 전 식당에서 미끄러져 다친 사고는
이미 물기가 말라버려 확인할 방법이 없다.

사고는 크건 작건 의심을 품고 있다.
참과 거짓의 갈림길에 놓인
난해한 방정식이다.

물음표는 탁월한 탐지견(犬).
실오라기 하나라도

귀를 세우고 코를 킁킁댄다.
바닥이 보일 때까지 물고 늘어진다.

진실은 가면 속에 꽁꽁 숨어 있다.
더 높이 뛰려고 작심한 선수들도 있다.
넘지 못하면 모든 게 수포로 돌아간다.

진술을 거부하는 사각지대.
CCTV를 돌릴수록 물음표는 커진다.
직감이라는 비장의 무기를 꺼낸다.

그는 가짜가 없는 세상을 꿈꾼다.
공정은 타협할 수 없는 신념이다.

가방은 오늘도 그를 현장으로 끌고 다닌다.

귀를 의심할 만한 따스한 봄소식

2월의 끝물 월요일 오후. 꺾이지 않는 추위 탓으로 마음마저 쪼그라져 있던 중 전화 한 통을 받았습니다. 귀를 의심할 만한 따스한 봄소식이었습니다. 올해 봄은 꽃보다 전화로 먼저 왔습니다.

외출할 때, 가방 속에 시집 한 권은 꼭 넣고 다니거나 책방에 가면 시집이 꽂힌 서가를 그냥 지나치지 못했습니다. 시상이 떠오르면 스마트 폰 메모 웹에 기록도 해가며 오랫동안 시를 향한 구애의 시간을 가졌습니다. 하지만, 시가 찾아오는 속도는 나비의 날갯짓이나 달팽이 걸음처럼 더디기만 했습니다. 한두 줄을 쓰는데 하루가 걸리기도 하고 소설 한 권 읽을 수 있는 시간에 시 한 편 쓰기조차 힘들었으니까요. 그 점이 시를 놓지 못했던 이유였던 것 같습니다. 시는 쉽게 마음을 주지 않는 밀당의 고수 같았습니다.

시인이란 이름을 달고 세상과 소통하는 것도 폼나 보

일 것 같아서 신춘의 계절이 올 때마다 문을 두드렸습니다. 하지만, 신춘의 문은 제겐 뚫을 수 없는 벽이었습니다. 그 실력 가지고 어딜 감히 넘보냐는 듯 냉정했습니다. 이번 생에는 힘들겠다는 생각도 들었지만 마음 접기가 쉽지 않았습니다. 누가 이기나 해보자는 심정으로 이번에도 문을 다시 두드렸습니다.

그래서, 지금 이 순간이 고맙고 기쁩니다.

시 쓰기도 즐거운 놀이가 될 수 있다는 걸 깨닫게 해주신 이병일, 이소연, 김은지 시인님께 감사드립니다. 그때 이후 시를 대하는 태도가 달라졌습니다. 시에 다가갈 때는 어깨에 힘 빼고 머리를 말랑말랑하게 해야 한다는 걸 알았으니까요.

일상의 사물에서 시를 길어 올리는데 탁월하신 마경덕 시인님께도 감사드립니다.
짧은 인연이었지만, 시가 삶과 비슷할 때 가장 빛난다는 것을 느꼈습니다.

합평을 통해 시를 어떻게 풀어가야 할지 보여주신 중앙대 문예창작전문가과정 하린, 류근, 황인찬 시인님께도 감사드립니다. 수업을 함께 한 학우님들께도 고마운 마음을 전합니다. 수업에서 느껴지는 열기를 통해 좋은 기운을 많이 받았습니다.

특히, 오랫동안 같은 회사에서 근무하며 응원해 주신 삼성화재 선후배님들께도 특별한 감사를 드립니다.

부족한 저에게 한번 마음껏 날아 보라고 날개를 달아 주신 박덕규, 김홍기, 최대순 시인님과 투데이신문, 한국문화콘텐츠21에 감사의 말씀을 드립니다. 좋은 작품을 쓰는 것으로 보답하겠습니다.

현실의 삶을 추리해서 읽게 하는 묘미

28인의 작품을 두고 본심에 임했다. 그중에서 「검은 가방 - 보험조사원」(박종민), 「가옥의 장례」(장정순), 「출렁거리는 돌」(홍진영), 「액정호수」(이세미), 「레미콘 부장님」(최은지), 「나이테」(신수현), 「칼날 아래」(황봉남) 등을 두고 고민에 빠졌다. 다들 개성이 넘쳤고, 상상력이 빛났다. 이번 직장인신춘문예가 이전에 비해 고르게 수준이 높아졌다는 사실을 증명하고도 남았다.

「액정호수」, 「레미콘 부장님」 등은 대상을 새롭게 드러내는 참신성이 빛났고, 「칼날 아래」는 맺고 끊는 간결함이 돋보였다. 「출렁거리는 돌」은 자연의 현상을 다시 보게 하는 깨달음을 안겨주었고, 「나이테」는 익숙한 것을 들추어 의미를 되새김하는 여유를 보였다. 「가옥의 장례」는 대상을 비유적으로 관찰하는 힘을, 「검은 가방 - 보험조사원」은 대상을 객관화하는 힘을 드러냈다. 다들 그만큼 시적 역량이 있다고 판단되었다.

반면 시적 정체성이랄까, 대상을 드러내는 시적 자아의 일관성이랄까 하는 게 옹골차게 유지되지 않는다는 약점을 보이기도 했다. 시작에서 끝에 이르는 시적 논리가 충분히 유지되고 있지 않거나, 응축되지 않은 느슨한 산문성, 표현한 것을 엇비슷하게 되풀이하는 중복 등이 나타났다. 다들 한 차례씩만 더 고민하고 다듬는 과정을 겪었으면 훨씬 완결성이 높은 시로 격상하지 않았을까 싶었다.

「가옥의 장례」와 「검은 가방 - 보험조사원」을 두고 저울질했다. 사유를 비유로 드러내는 능력을 산다면 「가옥의 장례」를, 대상을 감정 없이 부각하는 냉철함을 인정한다면 「검은 가방 - 보험조사원」을 택해야 했다. 전자는 수식하고 변주하는 과정에서 이미지가 풀어지는 약점을, 후자는 설명하고 풀이하는 표현이 잦은 약점을 보였다. 후자가 시에서 현실의 삶을 추리해서 읽게 하는 묘미를 느끼게 한 것, 그리고 그것이 동봉한 다른 2편 시에서도 고르게 유지된다는 점에서 유리했다. 「검은 가방 - 보험조사원」을 당선작으로 정한다.

— **심사위원** : 박덕규 시인, 문학평론가

상실

김태성

아내가 사라졌다. 아니 떠났다는 표현이 맞다. 아내의 출근 시간이라고 생각하기에는 너무 이른 시간이었다. 현관 쪽으로 여행용 가방을 끄는 바퀴 소리가 들려 잠에서 깼다. 곧 현관문이 열리고 도어락 잠기는 소리가 들렸지만 나는 그대로 눈을 감았다. 캐리어를 끄는 소리가 점점 멀어져갔다. 나는 베란다로 달려갔다. 아내의 자동차에 전조등이 켜지자 빗줄기는 반짝거리는 크리스탈 커튼처럼 흔들리다 젖은 도로 위로 부서져 내렸다. 그녀의 차는 빗줄기를 한 올 한 올 가르며 아파트 정문으로 사라졌다. 나는 아내의 차가 보이지 않을 때까지 커튼 뒤에 서 있었다. 현관으로 가보니 출근할 때 신던 아내의 검정색 뾰족구두가 현관에 가지런히 놓여있었다. 아내는 어디로 갔을까? 비는 계속 내리고 있었다. 우린 어디서부터 잘못된 것일까?

우리의 결혼에서 딱 하나 없는 것이 있다면 그것은 뜨거운 사랑이었다. 아내는 군더더기가 없이 깔끔한 사람으로, 인간관계나 일에서도 맺고 끊음이 확실한 여자였다. 그래서인지 아내는 항상 나에게도 어느 정도의 안전한 거리를 두었다. 아내의 행동엔 실수가 없었고 쓸데없는 말로 성가시게 만드는 일이 좀처럼 없었다. 살림이라고는 필요한 몇 가지 가전제품과 3인용 소파와 각 방에 싱글 침대가 전부였다. 밥그릇 두 개, 국그릇 두 개, 수저 두 세트 머그잔 두 개, 마치 콘도의 살림처럼 간결했다. 그마저도 아내와 내 것을 구별하려고 다른 색상으로 준비되어 있었다. 우리는 아무 문제가 없어 보였지만, 그렇게 문제없이 지내는 것 자체가 또 다른 문제였다. 서로에게 바라는 것이 없어지고 대화도 점점 줄기 시작했다. 서로의 시간을 방해하지 않았고, 일상의 문제들에 대해서도 무관심했다.

평소처럼 아무 일 없듯 집을 나섰다. 비는 계속해서 내리고 있었다. 시동 버튼을 누르자 쇼팽의 '녹턴'이 흘러나왔다. 유일하게 남은 다림의 흔적이다. 비가 내릴 때마다 다림과 나는 쏟아지는 빗속에 녹턴과 함께 있었다. 비와 녹턴이 동의어가 아닐까 생각될 정도였다. 자동차들의 와이퍼가 빠르게 움직이기 시작했다. 장마가 시작되었을 뿐, 모든 것들이 그대로인 오늘, 아내는 나를 떠났다. 나는 그녀가 나를 아주 오랫동안 떠나 있으리라는 것을 직감했다. 빗줄기는 점점 더 굵어지고 있었다.

오후에 휴가를 내고 무작정 병원을 나섰다. 회색빛 하늘은 앞이 보이지 않을 정도로 퍼붓듯 비를 뿌리고 있었다. 쏟아지는 비에 가시거리가 짧은 것이 지금의 나와 같았다. 도로를 한참을 달려 읍 단위의 작은 도시에 들어섰다. 빗줄기는 차츰 약해졌다. 낯선 식당에 들어가 가락국수 한 그릇을 비웠다. 퍼붓는 빗속을 달리는 게 목적이 된 갑작스러운 여행에서 나는 어느새 제천으로 돌아오는 길을 찾고 있었다. 돌아오는 길에는 거짓말처럼 파란 하늘에 조각구름 하나 없었다. 그때까지 아내에게서는 어떤 연락도 오지 않았다. 나는 언젠가는 아내가 나를 떠날 것이라는 생각을 하고 있었다.

제천에 도착해 의림지가 내려다보이는 곳에 차를 세웠다. 오늘 내린 비로 호수는 물을 가득 담고 있었다. 호수 가운데 순주섬이 아주 조그맣게 남아 있었다. 언제인가 새벽안개에 휩싸인 의림지 안의 순주섬을 사진으로 보고 매료되어 일부러 새벽에 일어나 직접 보러 온 적이 있었다. 그날 의림지는 시간이 지날수록 안개를 조금씩 걷어내며 순주섬을 서서히 드러냈다. 연꽃을 타고 우유의 바다를 건너 이제 막 순주섬에 도착한 락슈미 여신을 보는 듯했다. 내가 다림을 처음 보았을 때 바로 그런 느낌이었다.

　퇴근 시간이 가까워 왔다. 집으로 돌아오는 길에 편의점에 들러 사 온 햇반을 데우고 오랜만에 냉장고에서 김치통을 꺼내서 열었다. 시큼하게 발효된 김치 냄새에 군침이 돌았다. 아내는 시가에서 보내오는 음식에는 손을 대지 않았다. 냉장고를 차지하고 있던 음식은 시간이 지나 어느 날엔 버려지고 말았다. 그 후로 나는 집에서 어떤 음식도 가지고 오지 않았다. 냉장고에 있는 김치는 어머님이 택배로 보내온 김치였다. 그동안 한 번도 열어보지 않은 김치통이었다. 어머니 생각이 났다. 따뜻하게 데운 햇반에 어머니의 손맛이 느껴지는 김치 한 조각이 꿀처럼 달았다. 밥 한 숟가락이 부족했다. 집 어디에도 밥 한 톨, 라면 한 봉지가 없었다.

　나는 개수대에 그릇들을 그대로 담가 두었다. 아내는 집에서 라면을 끓이더라도 다 먹은 후에는 바로 설거지를 해야만 직성이 풀리는 여자였다. 나는 편한 옷을 찾아 입고 소파에 벌렁 누웠다. 아내는 그런 나의 모습들을 매우 질색했었다. 아내는 아무리 피곤해도 모든 집안일을 끝내고 나서야 소파에 반듯이 앉곤 했다. 한끝의 흐트러짐도 없는 아내의 행동들이 나를 숨 막히게 할 때도 많았다. 혼자인 지금, 나는 그동안 아내가 싫어할까 봐서 하지 못했던 행동들을 모두 하고 있었다. 나는 벌떡 일어나 아내의 방으로 들어가 화장대 서랍을 열고, 숨 막힐 듯 정돈된 아내의 물건들을 마구 휘저어 놓았다. 그때야 숨이 제대로 쉬어졌다.

여러 날이 지났다. 아직 아내에게서 소식은 없었다. 뭔가 모를 평화로움이 계속되고 있었다. 퇴근하고 집으로 돌아와 라면을 끓여 소주 반병을 마셨다. 휴대전화 알림 창이 반짝거렸다. 나는 메시지 알림을 눌렀다.

－그녀를 찾았어요. 네팔.

짧은 메모 같은 메시지였다. 아내가 떠난 후, 모르는 번호로 온 처음 받는 메시지였다. 발신인이 누구인지 찾았다는 '그녀'가 아내인지조차 알 수 없었다. 누구에게도 아내가 떠난 걸 이야기한 적이 없었다. 게다가 네팔이라니. 생각지도 못한 곳이다. 내가 아는 누군가가 네팔에 있으리라고는 생각지도 못했다. 답장은 하지 않았다. 나는 소주 한 병을 다 마시고 소파에 누웠다. 요 며칠 동안 사용 목적이 뚜렷한 침대보다 애매한 기능을 여럿 가지고 있는 소파가 주는 아늑함을 알게 되어 곧잘 소파에서 곯아떨어지곤 했다. 의도하지 않은 잠은 복잡한 생각을 멈춰주고 깊이 잠들게 했다. 다음날 아침 나는 소파에서 잠이 깼다. 꿈이었나 생각되어 다시 메시지를 확인했다. 도무지 누가 누구를 찾았다는 것인지 알 수 없었다.

　며칠 전 문자를 보냈던 번호로 부재중 통화가 여러 번 찍혀 있었고 네팔로 한번 와달라는 메시지가 와있었다. 메시지와 함께 한 여인이 사원에서 기도를 드리는 사진이 와 있었다. 흐릿하게나마 합장을 한 손에 나만이 알아볼 수 있는 반지가 뚜렷하게 보였다. 가슴이 쿵 하고 내려앉았다. 나는 망설일 것도 없이 보름간 휴가를 냈다. 아내가 떠난 후 질서 없이 어질러져 있던 집 안을 대충 정리해 놓고 공항으로 출발했다. 월요일이지만 공항은 떠나오거나 떠나는 사람들로 붐볐다. 나를 네팔로 부른 것은 아내일까? 다림일까? 그 사람이 누군지도 모른 채 나는 네팔로 떠났다.

　입국 절차를 마치고 시골 터미널 같은 네팔공항 라운지에서 메시지가 왔던 낯선 전화번호를 찾아 문자를 보냈다.
　- 네팔에 왔습니다.
　금방 답장이 왔다.
　- 그럼 내일 만나요. 장소는 내일 알려드릴게요.
　여전히 신분을 밝히지 않은 그에게 금방 답장이 왔다. 공항 바깥으로 나오니 후덥지근한 공기에 네팔의 향기가 섞여 있었다. 나쁘지 않았다. 나는 숨을 깊게 들이마셨다. 택시 승강장에는 소형 택시들이 줄지어 있었다. 차례를 기다려 택시를 탔다. 젊은 기사는 여행용 가방을 능숙하게 좁은 트렁크에 구겨 넣었다. 에어컨이 안 되는지 기사는 네 개의 창문을 모두 열고는 모깃소리같이 앵앵거리는 네팔 여자가수의 노래를 틀었다. 가장 가까운 호텔로 가자고 했으나 알아듣지 못했는지 한참을 달려 도시 한가운데 나를 내려놓았다. 호텔, 유스호스텔, 게스트하우스들의 간판이 다닥다닥 붙어 있는 곳이었다. 도시는 아직 환한 오후였다. 사람들이 밀물처럼 밀려다니고, 불규칙적이지만 각기 다른 음색의 클랙슨 소리가 촘촘하게 도시를 채웠다. 내일 누군가를 만나기 전까지 이 도시에서 나를 아는 사람이 하나도 없다는 건 매우 다행한 일이다. 그동안은 아주 외롭게 보내도 좋을 것 같았다. 내일 만나게 될 사람이 누구라도 나는 괜찮았다.

호텔이라고 쓰여 있었지만, 오래된 흙벽돌로 지어진 외벽에 군데군데 보수의 흔적이 어설프게 남아 있었고 간판에는 먼지와 담쟁이넝쿨이 뒤엉켜 있었다. 미로처럼 연결된 좁은 골목으로 들어섰다. 천장에는 알록달록 환한 등이 켜져 있었고 양쪽으로 놓인 수반에는 흰색과 노란색, 빨간색의 꽃들이 띄워져 있었다. 붉은색 카펫이 깔린 복도를 들어서자 인도를 여행할 때 시장 골목에서 맡아보았던 눅진하고도 오래된 듯한 아로마 향이 났다.

향이 점점 짙어지자 곧 프런트가 나타났다. 앳된 얼굴의 여자 직원이 여권을 확인하고 체크인을 했다. 아직 소년 티를 벗지 못한 직원이 순진한 웃음을 지으며 따라오라는 눈짓을 했다. 그는 가방을 끌고 친절하게 나를 방으로 안내했다.

아주 아담한 방이지만 깨끗했다. 소년이 나가자 나는 침대에 바로 쓰러져 누웠다. 오는 동안 택시에서 창문을 열고 30분이나 달리느라 목이 매캐했다. 카트만두는 먼지와 소음으로 유명한 도시였다. 도시로 오는 내내 도로 사정이 좋지 않아 차가 덜컹거릴 때마다 머리와 내장이 흔들렸다. 도시는 화려한 원색 물결로 혼란스러웠고 클랙슨 소리와 앵앵거리는 음악, 알 수 없는 언어들이 뒤섞여 피로감이 몰려왔다.

잠에서 깨어나니 밖은 이미 어두워져 있었고 창밖으로 보이는 색색의 네온사인은 더욱 화려해졌다. 낯선 도시의 밤이 주는 자유에 마음이 느슨해졌다. 나는 무작정 거리로 나섰다. 카트만두의 밤거리는 화려한 생동감 속에 고요한 아름다움을 숨기고 있었다. 도시의 한가운데였지만, 마치 유물처럼 남아 있는 오래된 건물들 속에서 사람들은 여전히 삶을 이어가고 있었다.

관광객이 없고 현지인이 많은 식당을 찾아보았다. 미로처럼 생긴 골목들은 모두 똑같아 보였다. 골목 귀퉁이를 돌아 구석진 곳에 허름한 식당을 찾았다. 식탁과 의자는 모두 플라스틱이었지만 제법 맛있는 식당인지 현지인들로 붐볐다. 일단 들어가 테이블 하나를 차지하고 앉았다. 낯선 이방인의 침입에 내게 꽂힌 시선들이 따가웠다. 식당 안은 잠시 조용해졌다가 곧 주파수를 맞출 수 없는 라디오처럼 시끄러워졌다. 종업원이 다가와 메뉴판을 내밀었다. 메뉴판을 훑어보고 제일 맛있게 보이는 메뉴의 사진과 맥주를 가리켰다. 종업원은 미심쩍은 표정으로 고개를 한번 갸우뚱하더니 메뉴판을 가지고 돌아갔다. 맥주와 잔이 먼저 나왔다. 종업원은 허리띠 고리에 묶인 병따개를 주머니에서 꺼내 병을 따 주고 돌아갔다. 곧이어 종업원이 오이와 토마토를 슬라이스해 가지런히 담은 접시를 놓고 갔다. 이방인에게 선심 쓰듯 내주는 서비스 같았다. 시원한 맥주에 그것도 나름 어울리는 안주였다. 이어 주문한 음식을 가지고 온 소년에게 수저나 포크가 없다고 어깨를 으쓱해 보였다. 주위를 둘러보니 모두 맨손으로 식사를 하고 있었다. 종업원은 곤란해하는 나를 지켜보다 웃음을 참지 못하고 자리를 떠났다. 잠시 후 종업원은 수저와 포크, 그리고 일식집에서나 볼 법한 검은 바탕에 분홍색 벚꽃 모양이 찍힌 네모난 나무젓가락을 들고 와서 테이블에 놓으며 아주 잠깐 웃어주었다. 콩이 들어간 카레와 매콤한 소스를 발라 구운 치킨, 난이 두 조각, 접시 가운데는 그릇에 찍어 엎었는지 모양이 동그랗게 살아있는 쌀밥이 있었다. 삶은 병아리콩과 나물볶음, 카레와 함께 볶은 감자와 양파가 곁들여져 나왔다. 기내식을 먹은 후 처음 먹는 식사여서 그런지 모두 맛있었다. 접시는 모두 비웠고 빈 맥주병이 어느새 세 병이나 놓여 있었다. 사람들은 저마다 현지식을 잘 먹는 나를 신기한 듯 바라보았다. 나 또한 그들의 모습을 슬쩍슬쩍 감상하고 있었다. 나는 술과 낯선 도시에 취해 있었다. 무엇이라고 딱히 말할 수 없지만, 무언가에 위로를 받은 느낌이었다. 그곳에서도 사람들은 살아가고 있었다. 삶의 고단함이나 기쁨은 형태와 표현이 다를 뿐, 누구에게나 공평하게 주어지는 것 같았다. 지구 어디든 삶의 향기가 전해오는 것은 희한한 일이다. 그래도 그들은 어쩐지 행복해 보였다. 나보다 아주 많이 그래 보였다.

9시가 넘은 시간이었지만 거리는 현지인보다 관광객이 더 많았다. 나도 그들처럼 거리를 밀려다니다 호텔로 돌아왔다. 호텔로 들어서니 내 방을 안내해 주던 소년이 졸린 눈을 비비다 나를 반겼다. 술기운 탓인지 나도 많이 관대해져 있었다. 나도 아이에게 잠시 웃어 보였다. 잠은 쉽게 오지 않았다. TV를 틀어놓았지만 알 수 없는 언어들로 가득했고 같은 DNA를 가진 형제, 자매들처럼 TV에 나오는 사람들이 똑같이 생겼다고 느껴졌다. 뉴

스 채널을 틀어놓고 볼륨을 줄였다.

　아내와 그 일이 있기 전까지 우리는 평범한 대화를 나눴고 퇴근 후에는 자주 외식을 했다. 어느 날 아내의 서랍에서 본 피임약을 못 본 척할 수가 없었다. 아내가 나 몰래 피임약을 먹고 있다는 사실을 알게 된 후 우리는 처음으로 크게 다투었다. 아내는 나에게 피임약을 먹는 이유에 대해 명확하게 설명하지 못했다. 우리는 끝내 결론을 내지도 못했고 화해도 하지 않았다. 그러다 취미생활에 열을 올리기 시작할 즈음 처음으로 다림을 만났다. 우리는 요리 동아리에서 1년을 함께 활동했다. 그녀는 조용하고 단정한 반면 에너지가 넘쳤다. 아내와는 반대로 내가 해줄 수 있는 것들이 많았다. 1년 동안 함께 많은 시간을 보내던 어느 날 서로의 마음을 들켜 버렸다. 그녀와 함께한 시간은 지루했던 나의 삶에 활력을 불어넣었다. 우린 그렇게 서로의 빈 마음을 따뜻하고 부드럽게 채워주며 사랑과 우정 사이를 오갔다. 그녀는 가끔 숨겨왔던 깊은 감정이 드러날 때마다 이별을 고하곤 했다. 언제나 나는 그녀의 이별의 말에 아무런 대답을 하지 않았다. 그녀가 처한 상황이 더 나빠지거나 조금이라도 바뀌면 언제나 우리의 만남을 진지하게 고민해 보아야 한다고 말하곤 했다. 하지만 그녀는 언제나 오래 걸리지 않아 다시 내 곁으로 돌아왔다. 그녀는 솔직해서 마음이 잘 드러났고, 자신의 감정을 표현하는데도 인색하지 않아 그녀의 감정을 금방 알아챌 수 있었다. 그녀가 우연히 아내와 대면했을 때, 그녀는 많이 울었다. 그 무렵 아내는 나와 그녀의 관계를 처음으로 알게 되었다. 내가 처음 입고 출근한 셔츠와 새 넥타이를 꺼낸 쇼핑백에 그녀가 준 승진 축하 카드가 함께 있다는 것을 깜빡했었다. 퇴근 후 옷을 갈아입을 때, 아내는 그 카드를 조용히 내 앞에 내밀었다. 처음엔 당황해서 어떤 핑계를 대야 할지 고민했지만, 아내는 화를 내지도 않고 나에게 아무것도 묻지 않았다. 그래서 더욱 두려운 마음이 들었다. 가끔 아내가 이미 모든 것을 알고 있을지도 모른다는 생각이 들기도 했다. 그 후로 우리는 충돌 없이 각자의 삶을 살아갔다. 이렇게 사는 것이 옳지 않다는 걸 알면서도 서로 공격하거나 비난하지 않고 그럭저럭 시간을 보내니 나에게는 나쁠 것도 없었다.

그리고 얼마 후, 다림이 흔적도 없이 사라져버렸다. 언제나 그랬듯이 얼마 지나지 않아 다시 돌아오리라 나는 확신했다. 하지만 그녀가 돌아오지 않는 시간이 길어질수록 나의 마음은 무너져내리고 무기력해졌다. 어디에서도 그녀의 흔적을 찾을 수 없었다. 그때야 비로소 나는 그녀를 위해 해준 것이 아무것도 없다는 것을 깨달았다. 나는 그녀가 원했던, 나와 함께 보내는 시간과 마음을 아꼈었다. 그렇게 사랑한다고 말했으면서도 나는 그녀를 위해 어떤 결정도 내리지 못했다. 그녀의 직장동료와 친구들을 만나보았지만, 그녀의 행방을 아는 사람을 찾을 수가 없었다. 아내는 그런 나를 끝까지 모른 척했다. 그게 아니라면 아내는 철저히 나의 파멸을 지켜보고 있었던 것일지 모른다. 그 무렵 나도 모르게 다림이 떠나 버린 것이 모두 아내가 꾸민 일이라고 점점 확신하게 되었다. 나는 아내와의 관계를 정리하고 그녀를 찾고 싶었다. 하지만 비겁하게도 그 말을 입 밖으로 꺼내지 못했다. 아내에게 상처 주기 싫다는 것이 핑계가 되었다. 이미 두 사람 모두에게 상처를 주었음에도 나는 갑자기 도덕적인 사람이 되고 싶었던 것 같다. 어느 순간부터 우리 부부는 출퇴근 시간, 주방을 사용하는 시간 등 모든 동선이 겹치지 않도록 행동하게 되었다. 다림이 떠난 지 6개월이 지났을 무렵 나는 심한 우울증에 시달리고 있었다. 아침에 눈을 뜨는 것이 제일 힘들었고 아내와 한 공간에 있는 것이 숨이 막힐 듯 싫었다. 그 무렵 모든 인간관계, 취미 활동, 모임이 정리되었다. 하루는 안방에서 싱글 침대를 작은 방으로 옮겨 놓았다. 퇴근한 아내는 그날도 아무 반응이 없었다. 아내가 화를 내지 않는 것이 정말 미치도록 답답하고 싫었다. 나는 침묵 속에서 아내와 그녀, 그리고, 자신까지 함께 잃어가고 있었다.

오랜만에 잠이 깊이 들었는지 일어나 보니 창으로 길게 들어온 햇살이 얼굴에 닿았다. 오전 10시가 훌쩍 지나 있었다. 오늘 만날 장소를 알려준다는 누군가의 메시지는 오지 않았다. 샤워를 끝내고 대충 방을 정리한 후, 거리를 나섰다. 어젯밤 검색해 둔 도심 한가운데 있는 오래된 사원을 구글 지도 검색창에 입력했다. 걸어서 30분 거리에 있는 사원까지 지도를 켜고 걸었다. 큰길을 건너 작은 주택가 골목을 지날 때, 소박한 식당과 작은 상점들, 어슬렁거리며 다니는 소들, 길에서 늘어져 잠든 개들, 손수레에 가득 실은 잘 익은 망고와 바나나를 사는 사람들과 나는 마치 물과 기름처럼 오묘하게 섞여 있었다. 어느새 도착한 사원 앞은 이미 관광객들로 붐비고 있었다. 이곳에서 유명하다고 알려진 루프탑 식당을 검색해 찾아갔다.

4층 루프탑에 있는 식당은 아직 이른 점심이라 그런지 한산했다. 햇빛을 가릴 수 있는 것은 갈대로 엮은 낡은 파라솔이 전부였다. 테라스에 가장 가까운 식탁에 앉았다. 아래를 내려다보니 도시와 사원의 전경이 한눈에 들어왔다. 도시와도 잘 어울리는 고풍스러운 사원이었다. 십 년 전 지진으로 무너진 곳들은 아직도 군데군데 임시로 가려져 보수공사가 진행 중이었다. 나는 돼지고기 채소볶음 요리와 라시를 함께 주문했다. 간단한 요리지만 나오기까지 시간이 꽤 걸렸다. 옆 테이블에 중국인

가족들이 와서 자리를 잡았다. 여섯 명의 가족이었지만 마치 20명 이상 단체 손님처럼 시끄러웠다. 그들은 10가지가 넘는 음식을 시켜 격식 없이 먹어치웠다. 그들은 현지의 언어보다 더 크고 요란한 대화로 나의 고요한 휴식을 방해했다. 음료까지 모두 마시고 기다렸지만, 아직 누군가에게 연락은 오지 않았다. 사원을 둘러보기로 했다. 입장권을 구매하자 안내원이 줄이 달린 명찰을 굳이 내 목에 걸어주었다. 검은색에 가까운 목조 건물로 지어진 사원은 사람들의 오랜 손길이 닿아서인지 건물의 기둥들이 반질반질했다. 나는 사원의 특이한 건축양식과 황토색 기와를 얹은 지붕, 검은색에 가까운 나무에 새겨진 화려한 조각들과 격자무늬의 문살에 매료되었다.

나는 화려한 전통 옷을 입은 여인들을 구경했고 그 사람들은 나를 구경했다. 빨간색 가루나 액체들, 그리고 꽃들이 사원 곳곳에 뿌려져 있었다. 모두 기도와 염원의 흔적이었다. 날이 점점 뜨거워지자 사원 안의 탑 아래나 지붕 아래 그늘진 곳에서는 맨발로 편하게 누워 자고 있는 사람들이 많아졌다. 모두 현지인들의 모습이었다. 신은 어떤 존재이기에 그의 품에서 이토록 편하게 쉴 수 있단 말인가? 네팔에서는 인도처럼 모든 것이 신으로 여겨졌다. 오래된 물건, 나무, 동물들, 심지어 살아있는 사람까지 여신의 칭호를 받는 예도 있었다. 이렇게 신이 많은데 사람들은 정작 누구에게 자신의 화복을 빌고 가족의 안전을 부탁하며 자식들의 미래를 위해 기도를 할까 궁금해졌다. 좋게 생각하면 아직 사람들이 순수하다는 뜻일지도 모른다. 어느새 카트만두의 밤이 찾아왔다. 나는 이 평화로움이 조금만 더 오래 가기를 원했고 그냥 내 인생이 아무 결정 없이 흘러가기를 바랐다.

다음날, 나는 살아있는 여신 쿠마리를 보러 갔다. 여신이 사는 쿠마리 사원은 소박했다. 좋은 가문과 건강하고 깨끗한 신체 조건 등 32가지의 조건을 충족시켜야 하는 치열한 경쟁에서 뽑힌 어린 여신 쿠마리는 웃거나 울거나 하는 자신의 감정을 드러낼 수 없다. 여신이기에 가족과 떨어져 지내야 하며, 아이러니하게도 생리가 시작되면 여신의 자격이 박탈된다. 누구도 여신 자격을 박탈당한 인간이 된 사람에게는 신경 쓰지 않는다. 자신들의 조건에 맞는 완벽한 새로운 여신을 기다릴 뿐이다.

나의 결혼을 생각해 보니 직업, 집안, 학벌, 외모, 모든 것을 충분조건으로 갖춘 아내를 처음 보았을 때 나는 마치 아내가 나를 위해 온 여신처럼 여겨졌다.

인간의 현신인 쿠마리를 보려면 간단한 절차가 필요했다. 사원 밖에 달린 종을 치고 기다렸다. 잠시 후 여종이 나와서 합장하고 인사를 했다. 여종을 따라가 시키는 대로 신발과 모자를 벗어 가지런히 문 앞에 두었다. 여종이 부어주는 물에 손을 씻고 나면 여신이 있는 방으로 안내해 준다. 바닥은 먼지투성이의 흙바닥이 그대로 드러나 있었고 청소도 제대로 되지 않아 빈 과자 봉지와 찌그러진 캔들이 여신 주위에 지저분하게 버려져 있었다. 쿠마리가 앉아 있는 의자 주위에는 빨간 가루와 꽃으로 엮은 제물, 그리고 지폐들이 놓여 있는 접시가 여러 개 있었다. 신이 사는 곳이라고는 상상하기 힘든 청결 상태였다. 여신의 시중을 드는 여자의 행동을 따라 나는 여신에게 제물을 바치고 절을 한 후 그녀의 발 앞에 무릎을 꿇고 앉았다. 여섯 살 정도로밖에 보이지 않는 여신은 진한 눈화장을 하고 금박장식이 화려하게 새겨진 빨간색 옷을 입고 있었다. 여신은 나에게 화가 잔뜩 난 표정으로 빨간색 물감을 이마에 찍어주며 축복해 주었다. 그렇게 신을 알현할 기회가 있었지만 정작 나는 나의 소원은 빌지 못했다. 쿠마리의 역사와 비참한 운명을 알기에 처음부터 여신이라는 생각은 하지 않았다. 그렇기 때문에 쿠마리가 경이롭다거나 존경심이 생기지 않았다. 아쉽게 여신을 만나고 난 후 도심 속 '꿈의 정원' 벤치에 한참 앉아 있었다. 그때 메시지가 도착했다.

　- 지금 어디에 계세요? 만날 수 있을까요?

　- 저는 도심 속 꿈의 정원에 있습니다.

　- 어딘지 알아요. 그럼 제가 거기로 갈게요.

　- 정원 한가운데의 작은 연못 옆 벤치에 앉아 있습니다.

- 네, 금방 갈게요.

나도 모르게 지나가는 사람들을 자세히 살펴보게 되었다. 잘 가꿔진 정원은 깔끔하게 정돈되어 있고 현지인보다 관광객들이 더 많은 곳이었다. 지금까지 보아온 곳 중 가장 네팔답지 않은, 완전히 독립된 공간이었다. 해가 강해지는 시간이라 그늘을 찾고 싶었지만, 벤치에 앉아 있겠다고 했으므로 나는 자리를 떠날 수 없었다. 가방에서 선글라스를 꺼내서 썼다. 태양을 피한 눈이 한결 편해졌다. 그리고 낯선 사람들과의 시선 충돌에서도 자유로워졌다. 멀리서 나를 향해 걸어오는 여자의 모습이 보였다. 아내였다. 점점 다가오는 아내는 조금 야윈 듯 보였다. 그녀도 한때 나의 완벽한 여신이었다. 나는 그녀가 아이를 갖지 않는다는 이유로 여신의 자격을 박탈해 버렸다. 여신일 때와 여신의 자격을 박탈해 버린 뒤의 비참한 운명은 쿠마리만의 일이 아니었다. 그 일 이후 아내는 어떤 마음이었을까? 내가 썬글라스를 벗고 일어나자 아내는 나를 한번 보고는 어색한 웃음을 보이며 벤치에 사이를 두고 앉았다. 나도 다시 앉았다. 갑자기 눈 앞이 흐려져 선글라스를 꼈다.

- 나인 줄 알았어요?

- 뭐… 그냥…

- 어떻게 연락 한번이 없었죠? 적어도 어디에 갔는지 왜 갔는지는 물어야 하는 것 아닌가요?

- 이미 말도 없이 떠난 사람에게 물어보면 뭐하겠어요?

아내는 멋쩍게 웃었다. 나도 웃었다.

- 여기에 누굴 찾아오신 거예요? 나예요? 아니면…?

아내의 목소리가 가늘어졌다.

- 그냥 나도 어디로든 떠나고 싶었어요.

- 제가 여기 왜 왔는지는 아세요?

아내가 눈을 반짝이며 물었다.

- 몰라요.

- 그녀를 찾았어요. 제가 보낸 사진 속 그녀… 다림 씨…

나는 놀라기는 했지만 할말이 없었다. 아내가 보내온 흐릿한 사진 속에서 내가 그녀에게 준 반지를 숨은그림 찾기처럼 찾았다고 말할 수 없었다. 이곳에 오게 되면 아내든 다림이든 누군가는 만나게 되리라 생각했었다.

- 변명하자면 당신을 지키고 싶었어요. 당신의 아내로서… 그래서 제가 당신 승진을 핑계로 다림 씨한테 떠나 줄 것을 종용했어요.

- 그랬군요.

- 우리는 이제 돌이킬 수 없어요. 당신도 알죠? 누군가는 끝을 내야 한다고 생각했어요.

- 할 말이 없네요.

- 그래서 다림 씨를 찾았어요. 오기 전에 이미 많은 생

각을 했고 당신에게 어떤 말이라도 하고 떠나고 싶었지만, 저에겐 확신이 없었어요. 당신이 밉기도 했고요.

- 그랬군요.

- 이제 당신과 나도 결정을 해야만 해요. 끝이 행복이든 불행이든 책임은 져야겠죠. 더는 이렇게 살고 싶지 않아요. 그동안 당신은 착한 사람이라 그렇다고 생각했는데 제일 나쁜 건 당신이에요. 당신은 본인의 책임이 따르는 결정은 절대 하지 않아요.

나는 아무 말도 할 수 없었다. 아내의 말에 아프게 찔렸다. 미안하다는 말도 차마 할 수 없었다. 한참을 그렇게 말없이 앉아 있다가 누가 먼저랄 것도 없이 일어나 함께 정원을 걸었다.

- 같이 저녁 먹으러 갈까요?

아내가 물었다.

- 조금만 더 같이 걸어요.

우린 아무 말 없이 오랫동안 정원을 걸었다. 함께 있지만 혼자처럼. 그러나 혼자일 때보다 더 외로웠다.

- 좋아요. 같이 저녁 먹으러 가요.

레스토랑에 도착했을 때 그녀는 평소의 차분한 모습과는 달리, 뭔가 예전과는 다른 표정을 하고 있었다. 이야기를 나누는 동안에 아내에게 그렇게 많은 표정이 있는 줄 처음 알게 되었다. 우린 네팔에 관해서 이야기했다. 우리나 다림에 관한 이야기는 하지 않았다. 마치 오랜만에 만난 친구 같았다. 어쩌면 그동안 내가 그녀의 입을 다물게 했고 어떤 행동을 멈추게 했던 것은 아닐까 생각되었다. 그녀는 음식을 맛있게 잘 먹었고 사소한 대화도 잘 이어갔다. 그녀가 그렇게 편안해 보인 것은 처음이었다. 그녀는 이미 어떤 결정을 내렸는지도 모른다. 그래서 그녀가 여유로워 보였던 것인지도 모른다. 결혼 생활 내내 아내는 나에게 특별히 많은 것을 바라지 않았다. 스스로 해결할 수 있는 일들은 나를 거치지 않고도 최선의 방법으로 해결해 왔다. 그런 것들이 오히려 나를 편하게 해주었던 것도 사실이다. 지금 아내를 잡지 않으면 나는 언젠가 후회할지도 모른다. 뜨거운 사랑이 없더라도 지금처럼 우리의 관계가 유지된다면 어떨까, 잠시 이기적인 생각을 해보았다.

후식으로 나온 민트 레모네이드를 마셨다. 연초록 음료는 민트와 레몬의 향이 적절히 잘 어울렸다.

– 민트 레모네이드… 달콤 쌉싸름하니 한국 가면 생각 날지도 모르겠네요. 이제 일어날까요?

나는 얼떨결에 그녀를 따라 일어났다. 아내가 먼저 나가 택시를 잡고 있었다.

– 타요. 이제 만나러 가야죠, 다림 씨.

그녀의 얼굴은 식사 때와는 다르게 경직되어 있었다.

택시를 타고 달리는 동안 우리는 아무런 대화가 없었

다. 각자 앉은 쪽의 창문 밖을 바라볼 뿐이었다. 도착한 곳은 도심에서 약간 떨어진 주택가였다. 출입문을 열고 들어선 곳은 네팔의 좁고 미로 같은 골목의 주택가에는 어울리지 않는 7층짜리 아파트였다. 아내는 공동 로비를 지나 바로 1층 왼쪽에 있는 출입문에 초인종을 눌렀다. 심장이 빠르게 뛰었다. 아내는 그런 나를 한번 짧게 바라보았다. 안에서 문이 열렸다. 그녀였다. 다림은 아내를 확인한 뒤, 문이 더 활짝 열리자 나를 발견하고는 얼굴이 굳어버렸다. 다림이 급하게 문을 닫으려 하자 아내가 재빨리 손을 뻗어 막았다. 그렇게 나는 그녀가 사는 집으로 들어갔다. 나는 거실의 커다란 소파 옆에 불청객처럼 덩그러니 서 있었다. 아내와 다림의 날카로운 시선이 번갈아 나를 스쳤다. 다림이 방으로 들어갔고 곧 아내가 뒤따라 들어갔다. 방문이 꽝 닫히면서 두 사람 사이에 큰 소리가 오갔다. 그렇게 한참 동안 큰 소리가 나더니 갑자기 조용해졌다. 나는 그 자리에서 꼼짝할 수 없었다. 순간의 침묵에 뒷 목이 뻣뻣해짐을 느꼈다. 서로에 대한 모든 감정이 소멸해 버린 듯 얼음처럼 차가워진 그녀를 보고도 나는 믿을 수 없었다. 그녀는 많이 야위었고 시든 꽃처럼 생기가 없었다. 나는 불안해졌다. 그녀가 이곳에 있는 것을 안 이상, 다시는 영원히 그녀가 없는 것처럼 살아갈 수는 없을 것 같았다.

잠시 후 아내가 방에서 나왔다. 아내의 손에 이끌려

다림이 따라 나왔지만, 나와는 눈도 마주치지 않았다.

　- 다림 씨가 많이 아파요. 한국으로 돌아가 치료받아야 해요.

　- 어디가…

　- 유방암이래요. 한국에서 떠나기 직전에 알게 되었데요.

　- 그럼 치료를 받아야 할 사람에게 당신이 떠나라고 강요했던 거요?

　- 맞아요. 제 잘못이에요. 제가 빨리 떠나 달라고 했으니까요.

　- 아니에요. 제가 그냥 떠난 거예요. 그때는 사모님이 상황을 모르셨잖아요.

　나도 모르게 다림의 손목을 잡았다.

　- 당장 돌아가서 치료받읍시다.

　내가 다림에게 말하자 아내의 낮고도 단호한 목소리가 들려왔다.

　- 하지만 아직은 제가 당신의 아내예요. 여기서 우리 관계부터 정리해요.

　다림이 손을 돌려 뺐다.

　- 나와 헤어질 핑계가 이것이오? 아니면 당신 죄책감 덜자고 하는 일이요? 당신 생각보다 무서운 사람이군.

　나는 처음으로 목소리를 높였다.

　- 그렇게 말하지 말아요. 우리 관계 정리에 꼭 필요한

단계니까요.

　– 저는 이미 다 정리했어요. 두 분 일은 두 분이 알아서 하세요.

　다림은 울기만 했고 아내는 말없이 허공을 바라보았다. 나에게 이런 일이 기다리고 있을 거라고는 상상치 못했다. 오늘 하루에 너무 많은 사실을 알게 되었고 나의 이기적인 행동이 마지막이 되어야만 하는 날이었다. 차마 여기를 떠나 호텔로 돌아갈 수는 없었다. 듣고 싶은 이야기가 많았지만 결국 들을 수 없었다. 모두의 침묵 속에서 시간만 흘러가고 있었다. 다림의 얼굴이 점점 창백해지자 아내는 그녀를 부축하여 방으로 들어갔다. 잠시 후, 아내는 이불과 베개를 들고나와 소파에 놓고 다시 방으로 들어갔다. 불 꺼진 거실에서 새우처럼 등을 말고 소파에 누웠다. 하지만 나는 오래도록 잠이 오지 않았다. 모든 것이 완벽했던 아내와 모든 감정을 소용돌이치게 만들었던 다림은 모두 내가 만들어낸 쿠마리였다. 일찍 불이 꺼진 산사의 밤처럼, 몸을 뒤척이는 소리마저 소음이 될까 걱정하며 잠을 청하지도 못했다. 지구 전체가 잠들지 못할 것 같은 밤이었다.

　주방에서 달그락거리는 소리에 잠을 깼다. 된장찌개 냄새가 코를 자극했다. 밖은 이미 도시의 소음으로 하루가 시작되고 있었다. 1인 트레이에 정갈하게 담긴 음식들이 상에 차려졌다. 셋이 한 식탁에 앉았다. 그렇게 나는 아내가 해주는 아침을 아주 오랜만에 먹었다. 다림의 숟가락은 거의 빈 상태로 천천히 움직였다. 국은 국물만 조금 줄어들었고 밥은 거의 그대로였다. 다림이 밥을 먹지 않자, 아내는 그런 다림을 말없이 바라보다가 숟가락을 놓고 일어나 자신의 트레이를 치웠다. 아내가 방으로 들어가자 다림도 일어나 트레이를 치우고 설거지를 시작했다. 그러자 아내가 곧 나와서 다림의 앞치마를 강제로 벗겼다. 아내가 설거지를 시작하자 다림은 방으로 들어갔다. 아내는 세게 물을 틀어놓은 채로 그릇을 닦았다. 아내는 이내 콧물을 훌쩍거렸다. 나도 숟가락을 놓았다.

 – 여기는 어떻게 알아냈어요?

 – 같은 병원에 있는 친구가 말해 줬어요. 다림 씨가 암에 걸린 것도. 지금 이곳에 있는 이유도요.

 – 그래서 아무 말 없이 급하게 왔군요.

 – 한국으로 돌아가 치료를 받자고 설득했지만, 그녀의 고집은 아무도 못 이겨요.

 – 그게 내가 여기에 오게 된 이유였네요.

 – 다림 씨는 자신이 병에 걸린 게 신에게 벌을 받은 거라 생각하고 있어요. 참 우습죠. 왜 내가 주지도 않는 벌을 신이 대신 준다고 생각하는지 모르겠어요.

 – 그래서 치료를 받는 대신 네팔을 택했고 기도하는

마음으로 견뎠겠군. 신의 처분을 기다리면서.

 ‑ 당신이 대신 말해 줘요. 벌도 내가 주는 게 맞고 용서도 내가 하는 거라고.

 다음날 오후 아내는 한국으로 돌아갔다. 아내는 배웅조차 마다하고 어떤 여지도 남기지 않고 떠나 버렸다. 요란스럽지 않게 한 번에 결정을 내리는 성격인 아내는 네팔에 오기로 하면서부터 이미 모든 계획이 서 있었을지 모른다. 다림과 함께 남은 나는 아무것도 결론짓지 못했다. 다림을 설득하는 일조차 하지 못했다. 나는 다림을 혼자 두고 호텔로 돌아왔다. 나는 이번에도 비겁하게 그들에게 결정을 맡겼다. 나를 위한 최고의 선택은 나만이 할 수 있다는 걸 알지만 내 마음을 지배하는 이기심 때문에 어려웠다.

 호텔로 돌아온 다음날, 나는 다림을 혼자 남겨둔 채 연락도 없이 포카라로 떠났다. 히말라야를 병풍처럼 두르고 있는 도시에서 호수가 내려다보이는 곳에 숙소를 잡고 구름과 같은 높이의 전망대에도 올라보았다. 포카라에서 며칠을 머물며 순수한 현지인들과 어울리며 마음을 비워냈다. 내가 다시 카트만두로 돌아와 다림의 집을 찾았을 때 다림은 이미 어디론가 떠나고 없었다. 이제 내 결정은 아무 의미도 없어졌다는 뜻이었다. 모든 것이 완벽했던 나의 여신을 사랑하지 않았을 리 없다.

단지 새로운 여신을 만들 핑계에 불과한 변명일 뿐이었다. 다림과는 감정을 아끼지 않았으니 사랑으로 행복했다. 모두가 떠난 후에야 알게 되었다. 나는 비겁하게도 아무것도 결정하지 않았다. 한때 죽도록 열정을 쏟았던 것도 내 손에 들어오게 되면, 꼭 쥐었던 손을 놓아버리게 되는 일이 있다. 그런 것이 내가 진심이라고 믿었던 사랑이었다니. 지금 나는 무인도에 홀로 남겨진 기분이다. 누군가 나 대신 운명이라고 결정할 만한, 혹은 신의 벌이라고 생각될 만한 결정을 내려주면 좋겠다. 나의 여신들은 나를 사랑하는 내내 울고 있었고 나는 그런 여신들을 외면했다. 아내와 다림을 같은 거리에 두고 서로 다른 색깔의 사랑이라며 스스로 면죄부를 주었다. 나는 아내와 다림에게 줄 사랑을 애초에 반씩 나누어버렸다. 그 핑계로 누구에게도 온전한 사랑을 주지도 못하면서 나는 늘 외롭다 생각했다. 내가 이 관계를 유지하는 한, 그녀들도 함께 유지되리라고 생각했다. 그러나 이제 모두 나를 떠나갔다. 이제 나의 선택은 무의미해졌지만, 이 관계는 끝내야 했다. 누구와도 함께 미래를 그릴 수 없다. 나조차 내 편이 되어주지 못했고 내 감정마저 스스로 수용하지 못했다. 그러면서 내가 결정이라고 여겼던 '외면'이라는 결과가 바로 지금, 모든 것을 잃어버린 여기 이 순간이다. 갑자기 비가 내리기 시작했다. 나는 세찬 빗속으로 뛰어들었다.

내가 창조주가 되는 매력

먼저 저에게 글 쓰는 재능을 허락해 주신 하나님께 모든 영광을 돌립니다.

어렸을 때부터 꾸던 꿈을 놓지 않고 간신히 붙들고만 있었습니다. 살아보니 나이만큼의 무게를 어깨에 짊어지고 가게 되더군요. 인생이란 정답 없는 답을 내가 선택해야 하고 모든 것은 나의 선택에 대한 책임이 되고, 공평하게도 누구에게나 쉽지 않구나 느끼면서부터 다시 글쓰기로 피신하게 되었습니다.

남들에게 무관심하던 제가 타인을 알아가고 남의 인생에 관심을 갖게 되었습니다. 소심한 성격 탓에 직장생활할 때도 말을 잘하지 않아 말을 못하는 사람이라는 오해까지 받았던 제가 소설 쓰기로 세상에 발을 내딛게 되었습니다. 저의 인생이 그렇듯 인간으로 태어난 아니 생물로 태어난 모든 것들이 소중하고 존중받아야 한다는 것도 글을 쓰면서 배우게 되었습니다.

다른 사람의 삶을 대신 살아보는 것, 그리고 글 속에서 내가 창조주가 되는 것이 얼마나 매력적인 일인지도 알았습니다. 삶과 죽음 사이에 언제나 공존하는 사랑을 배웠습니다. 태어나면서부터 죽는 순간까지 우리의 삶을 이어가게 만드는 것이 사랑이 아닐까 생각합니다. 어떤 모양과 빛깔이든 그 아름다운 단어, 모든 감정을 아우르는 벅찬 감정 '사랑'이 존재하는 것만으로 행복합니다. 그 외에 삶을 풍성하게 해주는 인간이 느끼는 모든 감정들을 만나고 이해하고 싶습니다. 그래서 살아있는 한 이 세상에 존재하는 달콤쌉싸름한 모든 이야기들을 써보고 싶습니다.

이날을 위해 기도하는 마음으로 저를 믿고 기다려주신 부모님과 우리 7남매, 저의 보물 같은 두 아들과 사랑스런 딸에게 무한한 사랑을 전합니다.

바쁘신데도 저를 지도해주신 임영태 선생님께도 존경의 마음을 담아 감사를 전합니다. 지난해 마지막 수업에서 이제 김태성다운 글을 자유롭게 쓰라고 격려해 주신 말씀 언제나 기억하겠습니다. 수많은 글 속에서 제 글을 읽어주시고 선택해 주신 심사위원님께도 정말 감사드립니다. 지금까지 실패와 고뇌를 반복하면서도 꿋꿋이 글을 써 내려간 자신에게도 참 잘했다 칭찬해 주고 싶습니다.

저는 지금 막 알에서 깨어난 올챙이지만 뒷다리가 나오고 앞다리가 생겨 도약할 수 있을 때까지 글쓰기의 근육을 단단하게 키워나가겠습니다. 살아있는 한, 글 쓰는 것을 멈추지 않겠다 감히 약속드립니다. 다시 한번 부족한 제 글을 뽑아주셔서 머리 숙여 감사드립니다.

하나님께 영광 돌리는 일이 언제나 계속되기를 바랍니다.

아이러니와 존재론적 성찰을 너끈히 보여줘

본심에 오른 9편의 작품을 읽었다. OTT, SNS 등 매체 확산에 따른 서사 창작 환경의 변화를 이번 응모작에서도 여실히 느낄 수 있었다. 영상서사와 텍스트서사의 융합현상이 두드러졌다. 다음 네 작품에 주목했다.

「고기로 담근 술」은 문장이 돋보였다. 이야기 진행을 꼼짝없이 따라가게 만드는 내공 있는 문장은 매력적일 뿐더러 귀하지 않을 수 없다. 문장 자체로만 구성되는 현대소설이 있긴 하지만 이 작품은 주제적 지향점도 필요했다.

「소용돌이」는 '몰입감'이다. 폐가와 노인의 정체를 추적하느라 눈을 뗄 수 없다. 이야기를 연출하는 솜씨가 이만저만 아니다. 그러나 과도한 재능은 간혹 재능끼리 상충하여 소설의 결말이 이 작품의 제목처럼 어지러워질 수 있다.

「플라이 투 더 블루」의 미덕은 잘 읽힌다는 점이다. 독서가 끝까지 빠르고 편안하다. 작품 속의 언니에게 진심으로 격려의 말을 전하고 싶을 정도다. 그런데 그 미덕이 곧 아쉬움이기도 하다. 독자는 소설이 자신을 낯설게 자극하여, 어렵더라도 새로운 생각의 지평과 만나게 해주기를 기대한다.

당선작인 「상실」은 위의 세 작품들이 보였던 아쉬움들을 무난하게 지양한 듯하다. 아내의 실종으로 서사적 긴장 효과를 높여 어렵지 않게 잘 읽힌다. 네팔에서 온 짧은 메시지 하나를 다루는 솜씨에서도 이 작가의 노련한 트릭을 엿볼 수 있다. 게다가 두 여성을 잃었으나 정작 상실된 것은 자아일지도 모른다는 설정은 텍스트서사에 어울리는 아이러니와 존재론적 성찰을 너끈히 충족한다.

당선자와 응모자에게 축하와 격려를 보낸다.

— **심사위원** : 구효서 소설가

섶

우동섭

앗! 불쏘시개가 없다. 한뎃솥 걸린 아궁이에 불을 지펴 물 좀 데워 보렸더니 장작만 있고 불쏘시개로 쓸만한 것이 보이지 않는다. 열두어 살 무렵부터 지금까지 아궁이에 불 지핀 경력이 수십 년이건만 장작개비에 바로 불 붙이는 재주는 여태껏 익히지 못했다. 낭패다.

마당을 도닐며 불쏘시개가 될 만한 것을 찾는다. 텃밭 머리에 길이가 반 발가량 되는 마른 섶 두어 다발이 놓였다. 지난봄 고춧대 옆에 세웠던 것들이다. 장모님의 텃밭에 서서 가을까지 세 계절을 오롯이 버틴 놈들은 햇볕과 바람에 바짝 말라 부석부석하다. 색은 이미 회색으로 풍화되고 껍질은 거슬거슬하다. 섶을 분질러 성글게 쌓아 놓고 신문지를 구겨 불을 댕긴다. 부채를 들어 살살 바람을 일으키니 타닥타닥 불티를 튀기며 금세 불길이 솟는다.

섶은 덩굴지거나 줄기가 가냘픈 식물이 쓰러지지 않

도록 그 옆에 매거나 꽂아서 세워 두는 막대기다. 오이나 고추를 키울 때 쓰는데 요즘은 대부분 온실에서 키우니 보기 어렵다. 온실 골조에 끈을 매달아 덩굴손이 붙잡고 올라가게 하거나 집게로 줄기를 집어 가며 키운다. 한데서 키울 때도 섶 대신 양은으로 만든 지지대를 쓴다. 꽂기도 수월하고 햇볕과 비바람에 삭지 않으니 여러 해 되쓸 수 있어 섶을 장만하는 수고를 덜어준다.

오이나 고추를 키우려면 농번기가 시작되기 전에 섶부터 준비해야 했다. 겨우내 땔감을 마련하는 틈틈이 섶으로 쓸 우죽이나 가는 대나무를 잘라 땅에 박을 수 있도록 끝을 뾰족하게 다듬었다. 농사가 큰 집은 수백 수천 개를 마련해야 하니 쉽지 않은 일이었다. 섶은 반드시 생나무를 잘라서 만들었다. 삭정이나 말라 죽은 나무는 신산한 여름의 비바람과 햇볕을 견디지 못하기 때문이다. 처음부터 한 목숨 바쳐 태어난 숭고한 놈들이다.

오이밭이나 고추밭의 푸른빛은 이파리들의 색이다. 섶은 그 속에 숨어 모습을 드러내지 않는다. 거친 비바람에 고추가 쓰러지지 않도록 함께 버텨 주고도 공치사하지 않는다. 버티지 못해 쓰러져도 스스로를 책할 뿐 고추를 탓하지 않는다. 한 줌의 햇볕이라도 더 받으려는 오이가 자신을 바투 잡아당기며 밟고 올라도 불평하지 않는다. 간짓대나 바지랑대처럼 길고 튼튼하지는 않아도 한살이 자신의 소임을 묵묵히 다한다.

오랫동안 사람을 돕는 일로 밥벌이했다. 자신을 드러내지 않는 직업이다. 사회복지를 배웠으니 숙명이라 생각했다. 하지만 정작 스스로를 돕지는 못했다. 이곳저곳 떠돌아다니느라 연로한 어머니를 모시지도 못했고, 늦깎이로 학위를 받겠다고 아등바등하던 아내도 돕지 못했다. 객지 생활과 장거리 통근 탓에 자식이 자라는 모습도 오롯이 보지 못했다. 어머니는 누나가 모셨고, 아내는 아이를 둘러업고 학위를 받았다. 아이의 첫걸음마도 휴대전화 화면으로 보았다.

소외된 사람들을 도우며 살았으니 보람되지 않았냐고 위무해 보지만 삼십 수년 직장생활이 그리 행복하지는 않았다. 불행한 사람들과 함께 살면 고통이 전염되는 것처럼 느껴진다. 그럴 때는 공감이라는 스위치를 잠시 꺼두어야 한다. 비를 함께 맞더라도 같이 울어서는 안 된다. 감정을 서툴게 다루다가는 소진되거나 우울해진다. 그렇다고 애써 강해지려다가는 감정이 무디어져 스스로 삭막해진다. 이래도 어렵고 저래도 힘들다. 하소연도 어려운 직업병이다.

장애인이 일자리 찾는 것을 오래 도왔다. 패기 넘치던 젊은 날에는 장애인도 능력이 있다고, 일을 통해 자아를 실현할 권리가 있다고 책에 나올 법한 주문을 외치며 여기저기 기업들을 들쑤시고 다녔다. 하지만 인사노무 담당자를 만나 말을 건네 보기는커녕 경비실 문턱을 넘기도 어려웠다. 동냥 온 거지 대하듯 천 원짜리 한 장을 내밀며 손사래를 치는 경우도 있었다. 어린 마음을 많이 다쳤다. 계속되는 거절에 지친 날에는 바닷가에 주저앉아 무연한 바다를 보며 마음을 달랬다.

가지에 잎이 붙은 잎나무나 손으로 부러뜨릴 수 있는 가는 땔나무, 띠나 억새 같은 새나무도 섶이라고 한다. 불이 쉽게 붙는 땔감들이지만 불꽃만 거셀 뿐 장작처럼 불땀이 좋지는 않다. 화르르 타올라 얼핏 강해 보이지만 섣불리 다루면 금세 꺼진다. 때를 놓치면 장작에 불이 옮겨붙기 전에 불티만 날리다 사그라진다. 섶 불이 사그라들기 전에 조심조심 장작을 올린다. 불이 조금씩 장작으로 옮겨붙는다. 어느새 뭉근하게 타오르는 모습이 오지다. 모든 일에는 순서가 있고, 때가 있다. 기다림은 때때로 무위가 아니라 적극적 작위로 작용한다.

땅에 붙박여 비바람과 햇볕에 시달린 섶은 늦가을 서리가 내릴 무렵이면 속까지 삭아 푸석푸석해진다. 조그만 힘에도 툭툭 부러진다. 걷이가 끝나 쓸모를 다하면 밭둑에 내뜨려져 썩어 가다가 기어이 장작불 지피는 불쏘시개로 한살이를 마친다. 긴 시간 남을 도운 대가치고는 허망하지만, 후회도 불평도 하지 않는다.

세월 흘러 내 머리에도 서리가 소복하게 내렸다. 그간의 노력이 직장을 찾는 이들에게 가냘픈 섶 하나만큼의 도움은 되었을까. 장애인에 대한 세간의 인식도 좋아지고, 여러 정책 지원 덕에 일자리를 찾는 일이 조금은 수월해졌다. 여전히 차별은 있지만, 예전처럼 대놓고 차별하는 일도 줄었다. 기세 좋게 타오르는 화톳불은 아니어도 뭉근한 아궁이 속 장작불 정도는 일군 것 같아 그럭저럭 하뭇하다. 내세울 업적은 딱히 없어도 세상을 바꾸는 데 작은 불쏘시개 정도는 되지 않았을는지.

물이 끓는다. 솥뚜껑 아래로 휘파람 소리를 내며 첫 김이 터져 나온다. 어느새 장작은 다 타고 잉걸불만 남았다. 헤집어 고구마 너덧 개를 묻는다. 오랫동안 기다려준 가족들과 숯검정 입가에 묻혀가며 도란도란 군고구마 까먹는 작은 행복을 상상해본다.

스스로를 연민한 나날 끝에

　몸속 어딘가에 각인되어 잊히지 않는 순간들이 있습니다. 최루가스 냄새 가득 밴 대학교 운동장에 서서 담벼락에 걸린 합격자 수험번호를 보았던 때가 그렇고, 벚꽃잎이 비처럼 내리던 날 아버지의 마지막 들숨소리를 들었던 때가 그렇습니다. 당선을 알리는 전화를 받은 순간도 어딘가에 새겨져 오래 기억될 것 같습니다.

　지역의 장애인 이용 시설 하나가 지방정부의 지원 중단 결정으로 문을 닫을 위기에 처했습니다. 뜻을 함께하는 사람들과 대책을 의논하던 중에 당선 전화를 받았습니다. 큰 기쁨은 온전히 기뻐할 수 없는 그런 순간에 찾아오나 봅니다.

　지난해 여름, 직장생활이 얼마 남지 않았다는 사실을 문득 깨달았습니다. 대단한 의지나 사명감으로 시작한 일은 아니었지만, 소박한 보람으로 지내온 날들의 끝이 다가오고 있었습니다. 마음이 허우룩하여 오래 잠을 설쳤습니다. 쓸모를 다해 밭둑에 내뜨려진 섶처럼 느껴져 스스로를 연민하였습니다.

그런 날들 끝에, 이렇게 너부러져 있을 것이 아니라 인생에 작은 매듭 하나를 지어야겠다고 결심했습니다. 살아온 이야기를 엮어 한 권의 책으로 만들고 싶었습니다. 남으로 난 창가에 서안을 놓고 앉았습니다. 하지만 오랜 시간 책상머리를 붙들고 있어도 글은 좀체 써지지 않았습니다. 기안문이나 보고서를 쓰는 일과 마음을 움직이는 글을 쓰는 것은 너무나 달랐습니다.

실망이 절망으로 변해갈 무렵, 문화 강좌에서 이상수 선생님을 만났습니다. 가감 없는 비평과 조언이 문장과 구성을 다듬는 데 큰 힘이 되었습니다. 함께 강좌를 듣는 문우들의 합평도 독자의 시선으로 제 글을 들여다보는 데 많은 도움이 되었습니다. 엉성궂은 글에도 언제나 칭찬으로 용기를 준 누나와 동생에게도 고마움을 전합니다. 신춘문예에 응모해 보라는 호들갑이 동기간의 바이어스가 걸린 평가라는 것을 번연히 알면서도 도전할 용기를 낼 수 있었던 것은, 그녀들의 아낌없는 칭찬과 격려 덕분입니다. 믿고 응원해 준 아내, 아들과도 기쁨을 나누었습니다.

부족한 글을 당선작으로 뽑아주신 투데이신문과 심사위원들께 깊이 감사드립니다. 더 나은 글을 쓰도록 정진하겠습니다.

오랫동안 사람 돕는 일을 한 자화상

예심을 거쳐 본심에 오른 작품을 읽으면서 글쓰기의 평준화를 느꼈습니다. 문장력, 소재 선택, 형상화를 통한 완성도가 높았습니다.

본심에 오른 열두 분의 수필 25편은 무난한 문장력과 주제의 일관성, 의미부여 등 손색없는 실력을 보여주고 있습니다. 하지만 신춘문예라는 공모의 틀을 지나치게 의식하다 보니 무미건조하다는 약점도 보입니다. 관념어의 나열로 개인의 삶을 지나치게 일반화 논리로 억압하기도 합니다. 독자들을 갑갑하게 하는 경향도 있습니다. 치열성은 문장 다듬기에만 필요한 것이 아닙니다.

수필 쓰기도 N프로필 쓰기처럼 살아가는 이야기의 극적 구성이 필요합니다. 반전과 극복 이야기도 들어가야지요. 짧은 분량에 부모님 일대기를 채운다는 것도 무리입니다.

〈스토리 쓰기〉의 로버트 맥기는 수필가를 '극적인 이야기도 평범하게 만드는 천재들'이라고 평했습니다. 수필 장르가 반드시 평화롭고 잔잔하게 흐르는 강물만 노래하는 것은 아니라고 봅니다.

우동섭의 「섶」은 수필 쓰기의 전형을 보여주고 있습니다. 오이, 고추 등 농작물의 지지대 역할을 하며 자신을 드러내지 않다가 불쏘시개가 되는 섶을 통해 인생을 은유적으로 표현하고 있습니다. 「섶」은 오랫동안 사람을 돕는 일을 하며 밥벌이를 해온 자신의 자화상입니다.

김희철의 「우황」은 복선을 깔고 긴장감을 주는 형식으로 소설 한 편을 읽는 느낌입니다. 소의 담낭에 병이 들어 생긴 응결물 우황을 먹고 살아난 지체장애 3급의 형은 어머니에게 우황 같은 존재라고 했습니다. 칼을 벼려 소고기를 부위별로 잘라내는 작업을 긴장감 있게 묘사하고 있습니다.

박신호의 「방주」는 사고로 하반신 마비가 되었지만 가장의 책임을 다한 아버지와 그 뒷바라지로 젊음을 삭힌 어머니에 대한 고찰입니다.

이제 AI가 글을 써주는 시대입니다. 땀 흘리는 사람의 손맛과 진정성이 높은 기록들은 문화유산으로 남겨져야 합니다. 이런 공모전을 통해 작가들을 키우고 열정을 주시는 투데이신문사에 감사한 마음을 올립니다.

당선 수필가 우동섭 님에게 축하인사를 드립니다.

— **심사위원** : 권남희 수필가